蒿　峰　山东鱼台人。1977年恢复高考后，先后就读于山东师范大学和山东大学历史系，获明清史硕士学位，并先后任教于该两所高校。1989年后任职于山东省农业委员会、山东省人民政府办公厅。历任山东省人民政府副秘书长、研究室主任、办公厅主任，山东省人民政府党组成员、秘书长、办公厅党组书记，兼任省社联副主席。发表论文三十余篇。出版专著《听它们讲》《故圃杂花》，合作编写《中国皇帝全传》《中国皇后全传》《山东农村改革二十年》等书，担任大型丛书《山东通史》《山东地方文献集成》副主编。

雲起樓詩存

蒿峰 著

山东人民出版社·济南
国家一级出版社 全国百佳图书出版单位

图书在版编目（CIP）数据

云起楼诗存/蒿峰著．--济南：山东人民出版社，2018.11

ISBN 978-7-209-11822-4

Ⅰ．①云…　Ⅱ．①蒿…　Ⅲ．①诗词－作品集－中国－当代　Ⅳ．①I227

中国版本图书馆CIP数据核字(2018)第253175号

封面题字：李刚田
项目统筹：王海涛
责任编辑：王　菲
装帧设计：李海峰

云起楼诗存
YUNQILOU SHICUN
蒿峰　著

主管部门　山东出版传媒股份有限公司
出版发行　山东人民出版社
出 版 人　胡长青
社　　址　济南市英雄山路165号
邮　　编　250002
电　　话　总编室（0531）82098914
　　　　　市场部（0531）82098027
网　　址　http://www.sd-book.com.cn
印　　装　北京图文天地制版印刷有限公司
经　　销　新华书店

规　　格　16开（160mm×240mm）
印　　张　28.25
字　　数　200千字
版　　次　2019年1月第1版
印　　次　2019年1月第1次
ISBN 978-7-209-11822-4
定　　价　98.00元

序　言

郑欣淼
（中华诗词学会会长）

中国是一个诗歌的国度，中华民族是一个诗歌的民族。数千年的历史为我们留下的浩如烟海的诗词歌赋，至今仍是中华传统文化中最精彩、最华美的部分。诗词作为中华传统文化表述和传播的重要载体，同时作为中华传统文化的重要源头活水，涵育和发展了中华传统文化。习近平总书记指出：一个国家、一个民族的强盛，总是以文化的兴盛为支撑的。没有文化的继承和发展，没有文化的弘扬和繁荣，就没有中国梦的实现。当前，我们致力于弘扬优秀的中华传统文化，是因为我们知道，人类生活不只是追求物质生活的创造和富足，更需要的是精神的提升和持守。一个国家、一个社会只有科技，没有人文，只有物欲，没有涵养，是肯定不能够持续和发展的。“诗者，志之所之也。在心为志，发言为诗。”（《毛诗序》）绵延不断的诗歌长河，承载着道义之魂，闪现着智慧之光，成为中国文化宝库中的瑰宝，展示着永恒的意义和价值。近年来，中国古典诗词的传承和发展受到高度重视。全国诗词团体、诗词刊物、诗词活动大量增加，诗坛出现了从未有过的繁荣景象，涌现出一批优秀的诗人和作品。这是我们伟大时代的需要，也是中华优秀传统文化传承发展的需要。“国运兴则文运兴”也！

山东是孔孟之乡，文风淳厚，自然也是诗词之渊薮。孔子对《诗经》的完善、传播和保存作出了巨大贡献，并概括出《诗经》的宗旨为“无邪”。历史上山东著名的诗人词家灿若繁星，如建安七子之王粲、刘桢，唐宋时期之房玄龄、崔融、王禹偁，金代之党怀英。李白、杜甫、高适、苏轼、苏辙、曾巩、范仲淹等人，或仕宦，或侨居山东，留下了数不清的佳作。南宋以降，李清照、辛弃疾、张养浩、李攀龙、李开先、王士祯皆领袖诗坛，在文学史上占有令人瞩目的地位。当代的山东诗坛，仍然延续着绵长的诗词文脉，根深土沃，蔚为大观，诗词创作活动繁多，诗人佳作不断涌现。

山东的蒿峰同志是位历史文化学者，他于20世纪90年代初就在《故宫博物院院刊》上发表过历史研究论文。他又是一名政府官员，长期担任山东省政府秘书长，工作异常繁忙。所以，当他的《云起楼诗存》送到我的手上后，读着集子中的660余首诗词，我觉得十分不易。他提出让我为这本集子作一序言，我便欣然应允。

通读全稿，我觉得这是一部具有鲜明时代特色和较高艺术水平的诗词集。主要有以下几点感想。

一、内容非常丰富

诗集中的作品反映了社会生活的方方面面，异彩纷呈。有对祖国壮丽山河的热烈赞美，也有对异国风光的细腻描绘；有对我国改革开放重大事件的生动记录，也有对国际风云变幻的深刻分析；有对中国社会主义建设的深情歌颂，也有对社会上丑恶现象、不正之风的无情揭露；有对亲情友情的倾心吐诉，也有对自己工作、生活的思考和感叹。这本集子比较全面地反映了近四十年祖国的伟大变革和作者本人在这一伟大时代的求索和奋斗，难能可贵。“文章合为时而著，歌诗合为事而作”，这是唐人白居易的千年古训，也是历代有追求、有操守的读书人富于历史使命感的集中体现。

二、厚重的历史感

作者是学历史的，是明清史专业硕士。读这本诗集，可以感受到一个历史学者宽阔的视野和对历史的敏感。中国的诗，历史上就有记史的传统。以诗记史，表达诗人对历史事件、历史人物的感悟，使作品更加深刻形象，富有感染力。诗集中，《七绝·小平同志南方谈话发表》《七律·汶川大地震》《七绝·山东农村改革发展杂诗》《古风·苏联解体》《五律·写于“9·11”次日》等作品见证了中外历史上一些重大事件，为历史留下了诗词的表述，也在历史的瞬间留下了诗词的精彩。诗集中还有一批直接描写历史的作品，如《七绝·明清山东人物赞》《七绝·革命史迹纪念地参观琐记》等，皆以史入诗，抒情咏怀，寄托了诗人的情操和抱负。正如清人沈德潜所云：“太冲《咏史》，不必专咏一人，专咏一事，咏古人而己之性情俱见，此千秋绝唱也。”（《古诗源》）诗集中怀古作品为数众多，如《七律·沛县歌风台题壁》《七绝·西泠谒秋坟》《风流子·过徐蚌》《古风·圣彼得堡感怀》等，则是秋日登临，心有所寄，感叹世事沧桑，抒发胸中块垒之作。

三、强烈的责任感

中国流传千古的名篇佳制，无不体现了作者对社会、对人生的强烈责任感。士大夫如此，匹夫亦如此。作者是共产党员，是政府官员，在改革开放的伟大时代，他深知自己的职责所在，四十余年的工作经历，让他写下了许多反映社会现实的诗章。这些作品是他坚守信仰、不改初心的体现。其中，有对党的事业的歌颂，有为祖国建设成就的欢呼，也有对社会改革进程中一些不健康甚至丑恶风气的批判。诗集中有一批作品，如《古风·农民负担调查报告书后》《古风·建房歌》《古风·行路难》《九张机·数字问题》等，都能直面问题大声疾呼，足堪警世，表现了作者强烈的社会责任感。《五绝·急赴某市化工企业爆炸事故现场》《七绝·“5·12”大地震通宵值班》《七绝·夜深赴长清山火现场施救》等，则体现了作者对本职工作的负责和坚守。

四、真挚的感情表达

中国的诗歌重在“言情”和“言志”，而“言情”和“言志”贵在一个“真”字。“诗非异物，只是一句真话。”作者对社会、对人生、对亲友都怀有一颗赤子之心，体现在吟咏，便是真情实意的表达。诗集中有很多作品是对祖国大好河山的描绘，将美景化为佳句，雄浑开阔、意境澄明，体现了作者对祖国的热爱。《五绝·苦旱》《七绝·田父吟》《七绝·东平一饭》等作品对天灾人祸造成的民生痛苦的描述，体现了作者对群众的深切关注。《五绝·故乡》《七律·回乡》《七绝·客旅》等作品，则刻画了离乡游子对故土家园的深情眷恋。《七绝·梦醒西寄》《七绝·闻妻儿东归》《临江仙·怀父》《永遇乐·悼外祖母严太夫人》《七绝·送友人》等作品婉约抒情，表现了作者对亲人、对朋友的真情与关爱。“夫诗以情为主，景为宾。景物无自生，惟情所化。”（清吴乔《围炉诗话》）信然！在《七律·感事》《柳梢青·感秋》《沁园春·记梦》这类诗词中，作者则敞开胸襟，描述了自己的所思所想、所感所忆，可以看到不同时期作者的心路历程和人文情结。

五、深厚的文字功底

诗词是文学之母，是文学的精华，也是文字的最高艺术形式。

中国古典诗词在几千年的发展演变中形成了严格的格律和声韵。要写好古典诗词，不但要有生活的积淀，有情有志，还必须掌握诗词写作的基本规律和规则，这就是“情”与“辞”的统一。作者在这方面有着良好的基础，他对抒情言志、起承转合都有自己的独特体会，因而在实际创作中能够收放自如，歌行流转，奇思迭至，佳句纷来。在使用声韵方面，作者也进行了深入探索。本着形式服从内容的原则，为更加便于表达所思所想，作者在小部分诗作中使用了邻韵通押，亦有个别作品使用了新声韵，使表达手段更加丰富。这里也应当指出，诗集中也有个别作品格律不太严谨；有的诗句过于直白，显得太露；有的地方炼字不够，表达略显草率，不够精达，有待于作者在今后的实践中进一步磨炼和改进。

最后，我要说的是，蒿峰同志对于诗词创作是执着勤奋的。诗集中所收作品起于1980年，止于2018年。三十八年间，在繁忙的工作中，他能够不间断地学习创作，难能可贵。纵观我国数千年诗史，留下千古名篇的诗人大多出自士大夫阶层，也就是知识分子和官员队伍。他们身处社会管理运作的第一线，熟知社会生活的方方面面，了解社会现实和民风民情，因而许多作品有着长久的生命力和感染力。这对我们很有启发。我想，今天也应提倡和鼓励那些爱好诗词且有一定基础的公务员们，大胆地拿起笔来，在工作之余，搞一些诗词创作，抒发家国情怀，丰富美好人生，并为诗词这一优秀传统文化的传承和发展贡献力量。这是我的恳切期望。

2018年8月17日

凌霜傲雪愈轻寒

——读《云起楼诗存》

张延龙

《云起楼诗存》是蒿峰同志近四十年的诗词作品选集，660多首作品，洋洋大观，内容丰富。当我拿到诗稿的时候，十分惊喜，一个领导干部如此热爱诗词，有如此高的创作热情，在当今社会是不多见的。

蒿峰同志出生在微山湖畔，高中毕业后当过中学教员，后调至鱼台县委工作。1977年恢复高考后，他先后就读于山东师范大学和山东大学。硕士研究生毕业后，任教于山东大学，从事明清史研究，是个学者，著作颇丰。在调入省农委工作后，多年深入研究“三农”问题。调任省政府后，历任省政府副秘书长、研究室主任、办公厅主任，省政府党组成员、秘书长。1996年曾在中共中央政策研究室农村组帮助工作，多次参与国务院《政府工作报告》及重要文件起草工作。他是个上接触决策层面下了解群众的人。他四十年工作在改革开放第一线，能够站在较高的层面上对国情民情进行思考。他有广博的知识、丰富的阅历、敏锐的思辨能力，为人忠诚、正直、正派、勤奋、廉洁。这些反映在他的诗中，生动、具体，有生活，有真感情，形成自己的艺术风格。他的作品，真实、清新、厚重，艺术性和可读性强。我读了他的作品，有下面几点粗浅的感受：

一、鲜明的时代特征

高站位地反映时代发展的脚步。诗集所选，是1980—2018年的作品。正值中国改革开放的伟大时代，作品具有十分鲜明的时代特征。读了之后，使人似乎触摸到了时代的脉搏，聆听到了时代前进的脚步声。“风起岭南吹塞北，神州转瞬即春装。花繁树绿听莺啭，百鸟齐鸣有凤凰。”（《小平同志南方谈话发表》）改革开放的春风吹遍神州大地，令人欢欣鼓舞。“不甘辈辈受贫穷，小岗农夫手印红。一破坚冰春水绿，农村改革盼年丰。”《小岗村》形象鲜明地讲述了农村改革的大事件。“三年一瞬新天地，改革图强万马先。”（《深圳印象》）通过改革开放窗口的巨大变化，歌颂祖国的大好形势。山东城乡也发生了巨大的变化。“一亩大棚栽菜瓜，全年收入小康家。寿光园圃名天下，致富农村科技花。”《访寿光》反映了寿光市依靠科技，改革传统种植方式实现小康的情况。“破窑盖起大冰房，蔬菜青青披倩妆。一个龙头连万户，加工出口到扶桑。”农产品出口，农村改革闯出了新路子。“关丹建厂起新城，海外济钢规划宏。多少苦辛皆得慰，马华合作庆功成。”《参观济钢关丹钢厂》反映了我国企业走向海外开创出新局面的光辉历程。

多角度地反映社会生活。诗集不仅反映了我国改革开放四十年的变化，不少作品还密切关注世界形势的变化和发展。《东欧剧变》《闻萨达姆被捕》《苏联解体》等一批作品记录和反映了几十年来世界重大历史事件；《明清山东人物赞》等作品，通过对历史事件和历史人物的描写，心有所寄，咏史抒怀。作者更以优美的笔触，写出大量反映各行各业劳动群众生活的诗篇。如《鱼台乡居杂事（九首）》“朝锄坡上豆，露湿小河梁。风动驱残雾，迷人是土香”（其六），“疏篱半亩阡，瓜豆两畦鲜。石井灰驴老，斜阳自溉田”（其九），非身临其境者，是无法写出这样鲜活的作品的。再如《山东农村改革发展杂诗（十一首）》，《冬季蔬菜大棚》：“处处隆冬起大棚，白云片片似湖明。天寒食得夏瓜菜，车载天天进北京”；《寒亭农村加工业》：“户户机声夜不眠，家家副业兼耕田。经营多种多收入，农妇再无三日闲”；《岜山村》：“谁道山村偏僻苦，三千城妹打工来。高楼栉比新农舍，万杰名医对众开”。产业革命改变了农村面貌，城里妹也来打工了。“夏至休渔千网锢，春来苗放万吨丰”（《莱州湾放苗》），反映了政府推行夏季休渔、在渤海湾人工放苗等政策，使渔业恢复生机，渔民欢欣鼓舞的情况。汶川大地震，他昼夜值守，心急如焚，积极协调各项救灾工作。“灾况前方飞报急，羽书旁午夜难居。心忧恨不生双翼，亲到西川战废墟。”（《“5·12”大地震通宵值班》）“泪水潸潸流不停，两年援建即回程。羌家父老扶携送，尽满湔江川鲁情。”（《北川欢送援建队伍》）山东援建灾区队伍回鲁，羌族人民扶老携幼含泪相送，反映了社会主义中国一方有难八方支援的制度优越性。“南海风雷动，愁云密密排。菲人争小岛，黑手暗中推。寸土不容弃，长天连戍台。三沙新设市，万里长缨开。”（《南海风云》）反映了在复杂的周边形势下，中国政府所采取的措施和军民捍卫疆土的决心。“金鼓铿锵卷地雷，气夺五岳撼心扉。二龙出水楚王阵，十面埋伏汉将旗。民尚武，遍青齐，舞风剽悍见威仪。古来山左多豪俊，一展男儿壮美姿。”（《鹧鸪天·商河鼓子秧歌》）生动地描写了商河人民的文化活动，热情歌颂齐鲁传统文化的魅力。可以看出，作者反映社会生活的广度是少有的。

客观地反映社会现实。作者继承与弘扬了以杜甫为代表的传统现实主义诗风。习近平总书记要求，文学艺术要融入党和人民的事业，要胸中有大义，心里有人民，肩头有责任，笔下有乾坤。蒿峰同志较好地践行了总书记的思想。作为一个领导干部，他能冷静地观察社会现实，客观地反映社会现象。《南女恨》描写了20世纪90年代初山东、河南、河北等地拐卖妇女的严重情况及造成的人间悲剧，反映了各级政府打击犯罪的效果。《农民负担调查报告书后》反映了农村改革过程中一段时期内农民负担过重，引发一些社会问题的现象。《建房歌》反映了20世纪90年代初各地出现干部违规占地建房之风引起群众强烈不满的现象。《吃喝之风难刹》《东平一饭》反映了在一段历史时期内社会上普遍存在的吃喝风，对党和政府的形象造成严重伤害。《种棉苦》反映了农产品价格政策的改革滞后造成粮棉价贱伤农的问题。《卖烟翁》反映了部分地区强行让农民种烟又不兑现承诺，失信于民，致使滞销害农的问题。《行路难》反映了各地乱设关卡、乱收费、乱罚款的现象，以及对当时城乡流通造成的严重影响。作者站在一个共产党员的立场上，对社会上一些丑恶现象进行揭露和鞭挞，坚信党能够除旧立新，推动新时期社会主义建设不断前进。“任你爵禄厚，任你计巧出。虐民必被捉，莫道法网疏。”（《建房歌》）“要在谋久远，政策保民生。民生不保障，恐难臻治平。”（《乡村计划生育》）作者反映社会矛盾的深度和广度是空前的，表达了一个共产党员对党的事业的忠诚和担当精神。作者采用歌行体，语言朴实，很接地气，相信会受到广大工农读者的喜爱。

二、忧国忧民的高尚情怀

始终对党的事业怀有坚定的信心。由于工作关系，作者出访过一些发达国家和发展中国家。他看到西方搞颜色革命使许多国家遭遇政权颠覆、人民落难的残酷现实，对中国处在西方包围之下如何坚持党的领导和社会主义道路深怀忧虑和思考。《苏联解体》对苏维埃联盟分崩离析深表痛惜。《瞻仰列宁墓》写道："十月枪声已百年，潮平潮起对谁传。红场寂寞听风雨，东望朝霞尚满天。"作者面对列宁墓，想起社会主义阵营的现状，心潮起伏，坚信马克思主义一定会胜利。"唤起农工赖伟文，全球两极尚纷纭。祖陵萧瑟丰碑在，信有大同安乃魂。"（《谒马克思墓》）在《阿尔巴尼亚大批难民涌入意大利》中，他惋惜地写道："昔年欧陆一灯明，今日飘摇势苦撑。""百万生灵遭浩劫，空言民主又何成。"因轻信民主谎言落得国破家亡的阿尔巴尼亚之类的国家引起他的思索，警示国人要珍惜中国社会主义制度，加强制度自信。对国内改革中出现的一些腐败问题，作者一样心怀隐忧。在《九张机·数字问题》中，作者深刻揭露了一些地方和部门为政绩弄虚作假谎报数字的腐败现象，指出"浮夸误国，虚言病民，莫忘三年饥"。在《书农民负担调查报告之后》中写道："提留摊派总无休，恨不平川起大楼。若爱苍生如顶戴，当为黎庶解烦忧。"明确指出问题出在各级领导干部的执政理念上。执政党为谁执政，这是个根本性问题，是当今一切社会矛盾的焦点问题。作者是学历史的，不少诗篇写到历史上的英杰人物，如《史公祠》《莱阳左懋第》等，咏史鉴今，用历史的正能量警示今人。他身处高层，不为物累，不为名役，一心为国为民鼓与呼，难能可贵。

始终心系民生。习近平总书记在文艺工作座谈会上的讲话中指出，人民的需要是文艺存在的根本价值所在。能不能搞出优秀作品，最根本的是看能不能为人民抒写，为人民抒情，为人民抒怀。作者正是实践了习主席这些论述。《苦旱（二首）》中写道："大旱百年少，长河连岁枯。沿黄多引灌，无水断河湖。""两月无丝雨，蛙塘夏日哑。秋禾成赤地，人畜怎生耶。"在《感时四首》中写道："民力皆疲甚，工商叹败零。伤农同害国，能不重民听。”“人道丰年瑞，丰年叹若何。有粮难售出，售出白条多。”《田父吟（二首）》写道：“胼手胝足血汗花，辛劳终岁苦兴家。年年疲软粮棉价，月月扩增刀剪差。”“清晨排队五更鸡，急买挂钩油与肥。日限过期平转议，名为农惠实扒皮。”作者在工作中始终如一地关注民生，心怀苍生，真正做到了“一枝一叶总关情”。

三、浓浓的真情

诗贵情真。习近平总书记在文艺工作座谈会上的讲话中指出，追求真善美是文艺的永恒价值。艺术的最高境界就是让人动心，让人们的灵魂接受洗礼，让人们发现自然的美、生活的美、心灵的美。作者的不少作品正体现了这一点。

第一，直抒胸臆。了解作者的人都知道作者有着忠诚、正直、勤奋、谨慎、清廉的高贵品质。《感事》写道：“宦海几多事，烟云过眼消。清勤忧为主，尽瘁不知劳。宵小希人过，直忠恨赵曹。净心如比干，何日向君掏？”充分反映了他的人生观。《感事诗（三首）》其二写道：“忠勤清慎又如何，逆顺穷通志不磨。读史读经方识耻，做人做事重知和。奸徒得志增其罪，君子心安益寿多。养气浩然身体健，且看善恶有天罗。”《柳梢青·感秋》写道：“烟霭纷纷。西窗落絮，秋气愁人。路远天寒，此生为客，何日舒伸。十年旧事殷殷。回首处，残阳荡魂。血性男儿，腰横秋水，莫负青春。”读其诗，知其人啊！

第二，亲情可掬。从不少作品中可以看出，作者对亲人、对朋友犹如赤子。作者的妻子毕业后分配到新疆工作，遥遥千里，分居数年。写于1983年的《送妻返哈密》中言：“执手情难尽，低头泪眼迷。七千关塞苦，心伴过河西。”惜别之情令人泪下。

《临别赠妻》写道："芳草绿杨几季休，伤心不敢上西楼。无情不似多情苦，最苦伤春连别愁。"抒情之笔力透纸背。其子在英国杜伦大学博士毕业，《示儿》写道："一跃龙门意气豪，缁袍著尽著红袍。千难万苦皆财富，帆挂海平任尔遨。"高兴、期望，其情殷殷。《为父扫墓》写道："人生天地间，父母最情真。禽兽犹思报，伦常文野分。临牺先滴泪，常愧养抚恩。凄冷清明雨，心随纸烛焚。"表达了他对父亲的感恩之情。《悼好友王吉振》："一分三十春秋过，谁料悠然成两途。旧梦儿时难再忆，天堂可有白帆无。"好友吉振走了，但两人在运河岸边一起追逐运河中白帆的情景永远留在了记忆深处。这是多么深厚的友情！这些作品真挚、深沉，动人心魄。

四、对诗词艺术的辛勤探索

作者长期在省府机关担任领导工作，日理万机，夙夜在公，尽管热爱古典诗词，但无暇深研古诗词的格律。然而，这些并未影响他对诗词艺术的探索。

一是形式的多样性。《云起楼诗存》涵盖了诗词的各种艺术形式，其中最接地气也最能反映当代农民疾苦、揭露社会矛盾的，还是那些格律宽松、语言通俗的歌行体作品。

二是语言的群众性。他的作品贴近群众，贴近生活，不追求华丽的辞藻，不泥守格律的细规，生动，通俗，好懂，最适合现代人阅读。如："湖中烟霭起，青雾透衣裳。水动鸭鸣近，风吹荷气香。芦葭如远黛，夜月似秋霜。伏案忽闻雨，声声敲苇廊。"（《湖居》）"小儿七岁学堂忙，夜半妈妈哭一场。嫌也嫌他难写好，既疼又骂反心伤。"（《儿嬉》其三）"阴阳两界恨分离，刺骨锥心遗恨迟？一梦数惊难入睡，披衣枯坐待鸡啼。"（《怀父二首》其一）"情怯二毛难近乡，那山那水那芦房。依稀村口双槐绿，梦里谷场一片黄。垄上犹闻邻犬叫，瓜田曾记鸟声忙。相逢执手韶华去，故宅风来米酒香。”（《回乡》）……清新，纯正，活泼，流畅，毫不雕琢，浓浓的生活气息，浓浓的乡土气息，正如李白诗中所言：“清水出芙蓉，天然去雕饰。”体现了诗人对自然美的追求。

三是对格律的追求。作品多系格律诗词，绝大部分作品用平水韵，少部分用词韵。我觉得这既没有超出平水韵的框架，又比较宽松，是可以的。还有个别作品使用了新声韵。这些做法符合现代人对诗韵的要求。

作者在七律、五律及部分词作中，尽量注意对仗的要求。如：

春风芦蒲白，夏雨芰荷青。
晨起渔姑唱，夜息岚气馨。（《微山湖》）
禅礼寻无迹，刻岩有故题。
帝王求国固，黎庶望苗畦。（《泰山绝顶》）
黑水连沙碛，白山望两韩。
三江皆沃土，四部好家园。（《长白山》）
依稀村口双槐绿，梦里谷场一片黄。
垄上犹闻邻犬叫，瓜田曾记鸟声忙。（《回乡》）
块垒难浇寻断句，黄花零落苦秋寒。
霜严雪冷催人老，云淡风轻庆有闲。（《和延龙诗丈》）
数点梅花亡国泪，二分明月故臣情。（《浣溪沙·史公祠》）
南望六朝青幔髻，北收十国绿平畴。（《浣溪沙·瓜州古渡》）

都是很好的对仗句，可见功底。

四是对意境的营造。押韵、平仄、对仗都是诗的形式上的要求，意境是诗的灵魂。意境美是诗的美学特征的高层次要求。

“湖上秋来蒲穗黄，白荷摇曳赤荷香。连天绿水明如翠，如洗长空雁阵长。红霞满，野鸭翔，小儿无赖戏游忙。遥看归橹烟波远，柳下邻翁贪夜凉。”（《鹧鸪天·故乡秋色》）作者用蒲穗、白荷、赤荷、绿水、雁阵、落霞、野鸭、小儿、归橹、邻翁一组组生动鲜明的意象，构画了一幅呼之欲出的秋景画面，用远景、近景、静景、动景组成了独有特色的湖上秋色，构成了诗的意境之美。读这首词，谁不觉得自己正置身于微山湖畔，欣赏这幅有声的画。

“细雨方停。日升雾去，河上裂凌。风暖似裁，地行如薰，已是春声。农家先感春萌。瞧户户、收拾耦耕。村里翁姑，田头少女，牛背笛横。”（《柳梢青·早春》）又是一幅诗中画。画中有细雨、太阳、雾河上的冰、暖风、地气、老叟、少女、牛背上的牧童。这幅画是动的，雨刚停，日出了，雾在散，冰在融，尤其是“风暖似裁”“地行如薰”，只能感受，画是画不出来的，这是诗与画的区别。人们听到了春的声音，闻到了春的信息，老叟、少女、牧童，都忙起来了。诗人用感觉、知觉效果，深化了视觉效果，使早春画图顿时生动地呈现在读者面前，生机勃勃，情趣盎然，创造了比画面更高的诗歌情景，体现了诗词的艺术魅力。

限于篇幅，不多举例了。这些文字，挂一漏万，实难反映大作的全貌。还是让读者尽快进入原著酣读吧。最后以小诗一首作结。

梅赞（宽韵）

——读《云起楼诗存》有怀

此君本自有诗缘，雨卷风吹入庙坛。

玉色铁枝添咏趣，凌霜傲雪愈轻寒。

东风劲处三春老，百卉开时一梗闲。

莫叹英姿成逝影，清流幽谷是桃源。

2018年6月18日于济南

（张延龙，中华诗词学会会员，华文作家协会会员，中国国学研究会研究员，山东诗词学会诗词理论研究专业委员会主任，山东老干部诗词学会名誉会长，《诗坛》名誉主编）

总　目

目 录

目录

第一卷 五言律绝

荷塘四题

（1981年）

少时，房后有荷塘数十亩，春夏秋冬，朝暮风雨，气象万千，曾是儿时梦绕神驰之地。

朝

晨雾罩青纱，
风荷闪露华。
清香吹不去，
一夜八千花。

暮

云走留新月，
花摇舞步娑。
卧听荷气动，
白鹭戏清波。

春

塘柳绿如烟，
小荷方秀肩。
鸭雏轻划水，
嫩掌荡漪涟。

冬

霜华千里白，
孤鹭懒哦哦。
倦倦愁无绪，
残阳映败荷。

黄山游（二首）

（1983年）

其一

早羡黄山秀，
神游已几回。
前村投野店，
雾雨锁崔嵬。

其二

泰岱神州重，
匡庐天下奇。
黄山如处子，
灵秀世间知。

湖上遇雨

（1983年）

墨云追浪涌，
雷吼叠金蛇。
雨过斜阳艳，
长天映彩霞。

过微山湖节制闸[①]

（1984年）

雨霁云堆血，
水天涂湛蓝。
芦花风动舞，
渔女唱归帆。

①微山湖节制闸，1958年建，主要用于调蓄上下两级湖的水位。工程长近四千米，拦湖腰而卧波，十分壮观。

玄武湖

（1986年）

何处觅台城，
六朝王气更。
碧湖沉旧梦，
日暮雾岚生。

寒山寺即兴

（1986年）

梦里古枫桥，
钟声夜半遥。
霜天难觅意，
旧韵已萧萧。

观长白山天池瀑布[①]

（1993年）

瑶池天上水，
匹练下尘藩。
溅玉喷珠秀，
三江出巨源。

①长白山天池为鸭绿江、松花江、图们江三江之源。

过虎门[①]

（1994年）

珠江凭锁钥，
二虎把门庭。
舻舳阵何在，
惊涛拍岸听。

①1994年3月赴粤，自中山去东莞，过珠江虎门渡口。

故乡

（2008年）

烟树儿时巷，
乡关是亦疑。
旧交零落尽，
何以慰愁思。

夜访董子读书处①

（2015年）

罢黜百家义，
儒林定一尊。
千年文脉远，
月照故台存。

①董子读书处，传为汉儒董仲舒读书之地，位于山东省德州市德城区。

游海南

（2018年）

北国冰封尽，
海南绿正葱。
寄情山与水，
夕照满天红。

黄果树瀑布口占

（2018年）

恍似天河溃，
涛声万鼓开。
霞飞虹彩现，
仙女下凡来。

冰岛欧美分界大裂谷

（2004年）

欧美中分界，
惊心裂谷瞋。
仰天看一线，
造化不由人。

荷兰皇家美术馆看名画《夜巡》①

（2005年）

仰慕卅余载，
今天始见真。
少时曾仿画，
光色撼心神。

①《夜巡》为17世纪荷兰著名美术家伦勃朗名作，余少时学画，曾临摹局部。

阿姆斯特丹

（2005年）

恍然梦里逢，
街市似曾悉[①]。
保护定长规，
名城永不失。

①阿姆斯特丹老城街巷大多在伦勃朗等人的油画中出现过。五六百年过去，街巷面貌依旧。

芬兰总理府前[①]

（2005年）

小院前临海，
街门静静开。
国旗今没挂，
总理未回来。

①芬兰总理府临街，非常简陋，没有卫兵，总理不到则国旗不升。

题亚特兰大马丁·路德·金纪念馆

（2013年）

振臂争平等，
潮头赞马丁。
舍身博正义，
圣火慰英灵[1]。

①马丁·路德·金墓前有圣火，日夜不熄。

急赴某市化工企业爆炸事故现场（新声韵）

（2015年）

夜半忽闻警，
工场爆炸急。
伤亡查未报，
冒雪紧驰驱。

苦旱（二首）

（1992年）

一

大旱百年少，
长河连岁枯。
沿黄多引灌，
无水断河湖。

二

两月无丝雨，
蛙塘夏日哑。
秋禾成赤地，
人畜怎生耶。

今注：过去山东水利设施落后，许多地方还是靠天吃饭。经20世纪90年代大力治理，形成山东综合水网，能蓄能泄，目前基本不惧旱涝。

感时四首

（1993年）

1992年，全省大旱，受灾7000万亩；今年苦涝，多地大水，农田被淹，庄稼绝产。虽然省里下发文件要求减免向农民征收的三提五统，但有些地方还是照旧征收。近日，省里专门开会部署调查，切实把减轻农民负担落到实处。

其一

去岁伤天旱，
今年苦孽龙。
秋禾淹一水，
赤地苦粮农。

其二

官方催减减，
吏却喊征征。
民力当知尽，
长策重法绳。

其三

民力皆疲甚，
工商叹败零。
伤农同害国，
能不重民听。

其四

人道丰年瑞，
丰年叹若何。
有粮难售出，
售出白条多。

今注：农民负担过重的问题在20世纪90年代早期十分严重，当时中央及省里下发许多文件加以治理。到2003年全国取消农民各种税赋，农民负担问题才得以彻底解决，农村迎来新的发展阶段。本集中尚有数篇及此，留为史考，可见沧桑之变。

鱼台乡居杂事（九首）

（1998年）

其一

柴门霞色晚，
犬吠碧桐苍。
高卧吟佳句，
遥闻烤薯香。

其二

茅庐向水开，
竹菊半园栽。
倦卧听鸡唱，
幽香阵阵来。

其三

三爷多故事，
旧梦总萦萦。
今日倚墙坐，
唯闻咳嗽声。

其四

蝉声鸣远树，
香气漫荷塘。
闲坐谈陈事，
槐荫一榻凉。

其五

落日衔杂树，
茫茫望暮烟。
小河摇碎玉，
风过雁声传。

其六

朝锄坡上豆，
露湿小河梁。
风动驱残雾，
迷人是土香。

其七

陌上春来早，
草芽黄且青。
年年枯草岸，
无语又春荣。

其八

迟迟春日丽，
漠漠北山晞。
三五垂髫辈，
嘈嘈鸢奋飞。

其九

疏篱半亩阡，
瓜豆两畦鲜。
石井灰驴老，
斜阳自溉田。

送妻返哈密

（1983年）

执手情难尽，
低头泪眼迷。
七千关塞苦，
心伴过河西。

厦门医院探访傅衣凌先生①

（1986年）

少诵先生著，
峣峣不可望。
谦谦如老圃，
细语说文章。

①傅衣凌先生，厦门大学历史系教授，明史大家。1986年6月，余曾就硕士论文一事求教于先生。

《中国皇帝全传》编就书后①

（1990年）

帝业今何在，
烟云过眼凄。
千年兴与废，
青史后人题。

①1988年，余参与组织编写《中国皇帝全传》《中国皇后全传》，任副主编。

杂感

（1991年）

人子为名役，
难陪父病床。
月华秋夜白，
一梦几还乡。

昌化归途过访儋州市委书记于迅同志①

（1995年）

援琼南岭过，
儋守有贤声。
别驾多潇洒，
舞雩浩气清②。

①于迅原为山东栖霞县委书记，1988年援琼来海南，任儋州市委书记，有政声，为全国百名优秀县委书记之一。

②别驾，指苏轼。其曾被贬为儋州别驾，居儋三年，有诗云："莫作天涯万里意，溪边自有舞雩风。""舞雩"典出《论语·先进》："浴乎沂，风乎舞雩。"

清明

（1999年）

泠泠清明雨，
绵绵湿我衣。
桃花能解意，
红雪垄头飞。

赠维克①

圣家文脉近，
洙泗水流长。
名重丹青苑，
为民写妙章。

①孔维克，山东画院院长，著名画家。

题刘罡画山水①

胸中千壑秀，
笔下万峰苍。
墨气吞天宇，
山川魂魄藏。

①刘罡，任职于中国国家博物馆，著名山水画家。

题张宏宾先生天马图[1]

（2010年）

瑶台丝竹起，
阆苑异花开。
天马长嘶奋，
仙姝入梦来。

①张宏宾，著名画家，侨居美国。

呈世骏先生[1]

（2012年）

花能千日好，
人老性如童。
笔下琼园秀，
琴城赞画翁。

①刘世骏，山东省文史馆馆员，著名花鸟画家。

题黄胄画驴[1]

（2015年）

苦役几时休？
新尊承旧主。
老残难堪役，
鼎镬与刀俎。

①黄胄，著名画家。

席上呈经春[1]

（2016年）

为人做嫁妆，
不逐利名场。
怀璧非无罪，
何时登殿堂。

①王经春，山东美术出版社原编审，著名画家。

贺晓刚画展开幕[①]

（2016年）

东鲁多才俊，
画坛为栋梁。
竹生千笋秀，
春色百年长。

①杨晓刚，著名青年画家。

再看《三打白骨精》

（2016年）

千年妖血化，
索命却无形。
大圣除淫女，
青天复太平。

咏梅

（2016年）

傲雪一枝梅，
凌寒殿角开[1]。
万红千紫日，
谁识百花魁。

①济南珍珠泉抚院正殿旁有蜡梅一株，春夏为娇媚杂花所掩，隆冬于一片萧索之中傲雪盛开，经其旁时，常闻暗香一缕。

深圳赠友

（2016年）

封印长安市，
花翎值几钱。
素心唯有守，
便是武陵源。

成都赠友

（2016年）

君亦为陶令，
泛舟离越山。
锦官花似雪，
当致万金还。

延安路上

（2017年）

夜长难入寐，
想我小孙囡。
怕见人家女，
伤心泪自含。

送友人

（2017年）

大爱遗东鲁，
长亭驿马骎。
关山隔不断，
最是故人心。

泰山绝顶

（1981年）

泰山极顶处，
峭壁斧削齐。
禅礼寻无迹，
刻岩有故题。
帝王求国固，
黎庶望苗畦。
民信神方佑，
江河万世基。

湖居

（1982年）

湖中烟霭起，
清雾透衣裳。
水动鸭鸣近，
风吹荷气香。
芦葭如远黛，
夜月似秋霜。
伏案忽闻雨，
声声敲苇廊。

微山湖

（1984年）

南北四连璧[①]，
山东小洞庭。
春风芦蒲白，
夏雨芰荷青。
晨起渔姑唱，
夜息岚气馨。
篷船随水住，
羡煞市声屏。

①微山湖，为北方最大淡水湖，北与昭阳湖、独山湖、南阳湖相连，绵延百余千米，合称南四湖。

夜过柳园望敦煌①

（1985年）

几回交臂过，
何处是阳关？
百洞雄文薮，
千书此溯潺。
笛声渥洼月，
弦韵鸣沙山。
朝圣期来日，
寒星闪碧寰。

①西行列车过星星峡后到柳园站，访敦煌者必由此转乘汽车。余曾数次欲游敦煌，皆未成行。

访书兰州①

（1985年）

兰州寻旧事，
读史到安西。
跃马开疆土，
守成抚庶黎。
军民屯垦共，
郡县百工栖。
掩卷思宏业，
祁连梦彩霓。

①1985年，余到兰州大学、甘肃省图书馆查阅清初西域开发资料。后依据这些资料写成《清初关西地区的开发》等论文，发表于《西北史地》，曾获山东社科成果二等奖。

南京明孝陵①

（1986年）

京东寻胜地，
太祖葬钟阳。
紫雾笼玄殿，
青苔漫赭墙。
松盘连干碧，
柏结古皮霜。
可叹孙权辈，
千年守墓堂。

①南京明孝陵，为明太祖朱元璋之陵。陵旁有三国孙权之墓。

厦门南普陀题壁

（1986年）

灵境普陀地，
伽蓝入碧天。
琼楼悬翠谷，
瑞霭罩青巅。
佛祖呈慈相，
观音显玉莲。
似闻仙乐起，
身已到蓬川。

龙岩访红军旧迹

（1986年）

处处留陈迹，
龙岩革命城。
闽西山水赤，
井冈桧松嵘。
毛贺心相契，
玉阶夜论兵[①]。
访寻偏巷里，
哪个识真情。

①毛贺，指毛泽东、贺子珍。玉阶，指朱德，字玉阶。

夜访普照寺[①]

（1990年）

夜游普照寺，
野步恋幽篁。
殿角悬残月，
轩窗散细香。
风吹松有韵，
露打藓生凉。
浸冷山门外，
声声暮鼓长。

①普照寺，位于泰山脚下，为泰山重要佛教寺庙之一。

望岳

（1990年）

望岳登金阁，
移时景不同。
朝岚山色冷，
夕照众峰红。
急雨丛云满，
乍晴松柏葱。
杜公凭杖叹，
老汉已三穷①。

①杜公，指杜甫。老汉，指作者。三穷，指三次登顶。

吊冯玉祥墓①

（1990年）

冯帅可亲处，
衷情系庶民。
统兵拯世苦，
施政救沉沦。
质也成其誉，
直而害令身。
夕阳孤冢照，
天籁谷空闻。

①冯玉祥墓，位于山东省泰安市泰山西麓。冯玉祥曾于20世纪30年代两次隐居泰山，死后迁葬于此地。

吉林伪满皇宫

（1993年）

清家传十兔，
此兔最飘零[①]。
一世遭人制，
三飞三断翎。
勤民直做戏[②]，
卖国且为荣。
赤塔白山远[③]，
梦魂依旧图。

①清末民间盛传《推背图》中有诗曰："九兔食尽中原草，剩下一兔满地跑。"意思是说清朝十个皇帝都属兔，实则并非如此。
②伪满皇宫原为盐库，内有勤民楼，为溥仪办公处。
③赤塔，溥仪被苏军俘获后囚于赤塔。

长白山

（1993年）

清家龙起地，
绵亘柳条边。
黑水连沙碛，
白山望两韩。
三江皆沃土，
四部好家园。
百载方开辟①，
欢歌庆有年。

①长白山地区为海西旧部之地，后为努尔哈赤兼并。清朝建立后封禁东北，至19世纪70年代，始有山东、河北等关内百姓进入开辟。

图们口岸望朝鲜

（1993年）

图们连一水，
对岸乃南阳[①]。
商旅唯桥过，
边民隔哨忙。
相依唇齿近，
共进步彷徨。
“千里马”犹在，
何时蹄奋扬？

①延边市对岸为朝鲜南阳镇。图们江上有大桥，桥中部漆红蓝两线以区分疆界。南阳镇大山连绵，山坡上写有朝文“千里马”三字。

广州国民党中央党部旧址

（1994年）

昔年龙虎薮，
门下聚群雄。
排满鹰扬起，
平陈猛士忠。
中山行脱困，
仲恺殉农工。
勒石岿然立，
堂前松柏葱。

琼岛感怀

（1995年）

琼岛天堂地，
四时异果生。
芒黄榔椰绿，
瓜翠荔枝晶。
五指鸣奇鸟，
南溟浮巨鲸。
安居依儋耳，
不再羡蓬瀛。

瀛台口占

（1996年）

绿云环翠岛，
此处旧瀛台。
北眺琼宫锁，
南看金阙开。
日高听凤哢，
月晕见龙来。
成败千年事，
斑斑青史裁。

乐山大佛

（1999年）

佛祖来天外，
高居面大河。
东川祈福广，
西蜀信徒多。
文咏三苏厚，
诗吟四邑峨。
灵山生众仰，
钟鼓梵音和。

登峨眉

（1999年）

峨眉天下秀，
今日始登临。
万壑朝金顶，
千岩秀玉簪。
山藏多少寺，
寺寺诵经音。
倚杖行途险，
云来雾湿襟。

游三峡

（1999年）

四月渝州雨，
轻舟下楚东。
久闻川道险，
今望栈悬空。
夹岸千寻壁，
猿猱万丈峰。
夜行葛洲坝，
隐隐见长龙。

青岛登辽宁号航母

（2013年）

强军航母梦，
今日庆能圆。
舰炮排严阵，
战机巡碧天。
千年边防固，
万里凯歌旋。
犯我诛虽远，
江山稳若磐。

南海风云

（2016年）

南海风雷动，
愁云密密排。
菲人争小岛，
黑手暗中推。
寸土不容弃，
长天连戍台。
三沙新设市，
万里长缨开。

徂徕游[1]

（2017年）

泰山游几度，
曾未到徂徕。
汶水西流去，
莲山扑面来。
声名东岳蔽，
秀色海光开。
净土留天地，
我今且旷怀。

①徂徕山，位于泰山东南，鲁中名山。

黄帝陵

（2017年）

桥山龙驭地，
古柏尽苍然。
宣武功河岳，
崇文立昊天。
四夷生祸乱，
诸夏遍旌旃。
光被洪荒远，
庙享祀绵绵。

再游秦淮河

（2017年）

六朝脂粉地，
王气秣陵收①。
十里秦淮水，
二分白鹭洲。
乌衣销紫绶②，
桃扇愧钱侯③。
多少兴亡事，
浮云过眼休。

①王气一句，指秦始皇开掘秦淮河以泄秣陵（今南京）天子之气。
②乌衣，指乌衣巷，东晋望族王姓与谢姓世居于此。
③桃扇，指明末清初秦淮歌妓李香君血溅桃花扇的故事。李香君、柳如是气节远超降清明臣侯方域和钱谦益。

写于“9·11”次日

（1999年）

高高双子塔，
顷刻化烟尘。
惊惧千邦愤，
情悲万鬼呻。
劫机何处客，
赴死不怜身。
只恐干戈动，
征讨起战云。

夜宿魁北克（新声韵）

（2004年）

雄城魁北克，
雪片大如席。
建筑留诗意，
语言近巴黎。
法英经百战，
此省独难屈。
留宿投城堡，
茫茫白过膝。

爱丁堡城头

（2005年）

英皇龙潜地，
王气绕城中。
古堡巍然立，
蓝天一洗空。
琼浆苏郡美，
风笛世间雄。
山顶看朝日，
心随万里鸿。

慕尼黑

（2005年）

大名垂史册，
雄邑奥皇旗。
帝国辉欧陆，
众王皆瞻仪。
希魔成坐大，
丘相枉心机①。
残照宫墙柳，
光荣伴梦飞。

①希魔，指希特勒。希特勒在慕尼黑搞啤酒馆政变，逐渐取得德国政权。丘相，指丘吉尔。1938年，英、法、德、意四国在慕尼黑签订协议，标志英、法绥靖政策达到顶峰，纵容德国对外扩张。

夜饮慕尼黑

（2005年）

窗前大雪舞，
房内热澎澎。
蹄膀方烧就，
扎啤新酿成。
举觥摇醉眼，
鼓瑟伴歌声。
夜半回城去，
相扶踯躅行。

林茨印象[①]

（2006年）

丘山平渐远，
遥望见林茨。
多瑙名城过，
郊原绿野奇。
情迷莫扎特，
大爱忆希茜。
上奥贤东道，
迓迎方到兹。

①林茨为上奥州首府。2006年7月，友好省州峰会在奥地利上奥州召开，余随山东代表团参会。

维也纳之夜

（2006年）

古城炎夏美，
嘉卉吐芳姿。
故殿宫墙在，
先皇帝业糜①。
乐都无静夜，
户户有歌吹。
漫步金厅外②，
曲高心意驰。

①维也纳曾为奥匈帝国首都，皇宫得到较好保护。
②金厅，金色大厅。

题莎士比亚故居①

（2017年）

莎翁汤显祖，
并世两奇才。
奔走长安道，
凄惶珠玉埋。
紫台生曲柏，
绿野畅襟怀。
名剧千年唱，
故园花自开。

①2017年1月，余于访英期间参观莎翁旧居。莎翁与中国明代戏曲家汤显祖东西并世，汤生于1550年，莎生于1564年，同殁于1616年，距今已四百余年。

访牛津

（2017年）

门生廿六相，
此校最风流。
学养缘思辨，
德修诚敬求。
旧经培本固，
新识刃余游。
济济多才俊，
文林占状头。

寄友人

（1986年）

金陵春月好，
晴雪戏人舒。
酒醉秦淮岸，
歌酣玄武湖。
三元评绛树，
二馆览明珠。
可羡君年少，
韶华苦诵书。

寄志献①

（1987年）

对望岱南北，
揖分竟四年。
几回交臂失，
相约数飞笺。
灞柳频经绿，
桃花常满渊。
何时能聚首，
方得慰悬悬。

①林志献，老友。

谒梁漱溟先生墓

（1993年）

先生长已矣，
正气世间氤。
阙下任公赞①，
邹平乡建新②。
剖心为众庶，
沥胆逆龙鳞。
皎皎悬残月，
黄山伴故人。

①任公，指梁启超。
②梁漱溟先生于20世纪30年代在山东邹平主持乡村建设试验。

感事

（2003年）

宦海几多事，
烟云过眼消。
清勤忧为主，
尽瘁不知劳。
宵小希人过，
直忠恨赵曹。
诤心如比干，
何日向君掏？

无题

（2015年）

多少烦心事，
一朝皆释然。
莼鲈思楚野，
新酒望桃源。
凉热江湖路，
忠奸司马言。
从兹山水阔，
好友待林园。

且归

（2015年）

曾羡孟尝客，
又随东府郎。
痴情三十载，
无悔二毛苍。
梦里湖西雨，
樽前黍稻香。
冷辉松下月，
琴瑟发清商。

答桂生兄①

（2016年）

不负平生学，
沉浮亦坦然。
封侯怀李广，
解绶羡陶潜。
杰俊生东鲁，
英才追圣贤。
秋深闻桂子，
香气透林泉。

①马桂生，书法家、诗人、企业家，铭座集团董事长。

为父扫墓

（2017年）

人生天地间，
父母最情真。
禽兽犹思报，
伦常文野分。
临牺先滴泪，
常愧养抚恩。
凄冷清明雨，
心随纸烛焚。

感事

（2017年）

遭际乃天定，
而今信有然。
夷吾欣莒路，
和氏哭荆田。
守道心方静，
乱规身不全。
西湖悬素月，
冷照岳坟前。

山东师范大学历史系七七级入校四十周年网上唱和序（古风）

（2018年）

同学之谊，
位重人伦。
譬如美酒，
愈远愈醇。
网上唱和，
音容犹闻。
唯愿康寿，
此情永存。

南女恨（古风）

（1986年）

梁郓英雄地，
自古好汉多。
好汉保黎民，
除奸灭凶恶。
而今梁郓间，
好汉做拐客。
汲汲牟暴利，
千里贩南娥。
弱女生川滇，
间或出贵鄂。
或为黄花女，
或为他人婆。
拐客施巧计，
嘴如蜜抹过。
带汝去旅游，
为尔找工作。
山女慕山外，
懵然钻套索。

关山七千里，
风寒衣衫薄。
可怜弱质女，
无端受折磨。
长途到冀鲁，
花残无颜色。
明码标身价，
卖为他人婆。
何谈门户对，
何谈年相若。
痴傻伤残老，
全凭天配合。
白日深深锁，
夜夜受摧折。
人地两生疏，
天地呼奈何。
也曾思逃逸，
大多跑不脱。
抓回更可怜，
挖眼砍脚踝。
人道冀鲁边，
幢幢鬼影多。

四海相戒谕，
谈之变颜色。
清平好世界，
岂容妖翻波。
政府捕拐客，
判刑或枪决。
千里苦追寻，
救女出鬼窝。
今日方宁日，
尚需严防遏。

今注：20世纪90年代初，山东、河南、河北等地拐卖南方云贵女子为妻者众多，造成诸多悲剧。经政府全力打击，至21世纪初，此风已经绝迹。

沙头角（古风）

（1990年）

河尾渔村小，
赫赫沙头角。
一处最名胜，
百米中英街。
界碑割阴阳，
古榕覆主客。
改革开放前，
小街多寂寞。
哨楼对峙立，
鸡犬声不越。
特区建设始，
商街勤开拓。
店铺栉比起，
华英商贾多。
往来皆乡音，
各各得其所。
此处好购物，
满街多洋货。

试观海关前，
日日摆满车。
客自全国来，
一波又一波。
开放风自劲，
此窗不可缺。
盼望九七年，
香港复归合。
中英街变中国街。

农民负担调查报告书后（古风）

（1991年）

农民最苦何，
最苦税与费。
自从承包后，
一日重一日。
人民公社时，
百费归集体。
包产分了地，
民为俎上鱼。
税费如猴王，
吹毛变化急。
一变七十二，
再变一千一。
名目如牛毛，
屈指不能悉。
国家定八项，
县市难数记。
国家定百五，
实收无底止。

一年辛苦后，
仅能饱肚皮。
中央三五令，
省市行文急。
着着落水中，
个个起涟漪。
涟漪复涟漪，
瞬间无声息。
呼地问苍天，
为何减不去。
一在大办多，
官吏比实绩。
为显政绩大，
事事登高梯。
上面提大办，
下边再升级。
红头文件下，
黑头白头继。
办事要金钱，
自然取民脂。
不看民何贫，
不量民何力。

平地起高楼，
加码再升级。
二在机构多，
衙门如林立。
条条压块块，
增编又提级。
增编苦受限，
编外招聘欺。
一乡原十人，
现今过百余。
吃喝加工奖，
着装车马资。
国家无此项，
民有光头皮。
机构不精简，
减负空梦呓。
年年开大会，
月月叫清理。
论管有专衙，
论法有条例。
前清后又加，
民肩无少息。

呼喊皆扬汤，
止沸事难济。
根源在体制，
更改谈何易。
不易亦必改，
不改势难立。
取民应有度，
事关国兴替。
殷鉴不为远，
斑斑照青史。
嗟乎庙堂之上食肉谋国者，
可不悚然而警急谋消弭计。

建房歌（古风）

（1992年）

人生营居止，
竟为谁人卜。
世人多昏昏，
复车亦不悟。
一朝作民牧，
便觉天地促。
热热手中权，
急急谋住处。
宅基占民田，
失业谁敢哭。
砖石伸手要，
看谁敢云无。
高楼平地起，
不费一锱铢。
巍巍夸华堂，
百姓皆侧目。
任你爵禄厚，
任你计巧出。

虐民必被捉，
莫道法网疏。
君不见美轮美奂干部街，
雕梁画栋老爷居。
一春一秋堂前燕，
飞来飞去旧主乎？
朝为张家园，
昔为李家圃。
王谢乌衣巷，
永记莫糊涂。

今注：20世纪90年代初，各地出现干部违规占地建房之风，群众意见很大。习近平总书记当时在宁德，曾进行过专项整治。他指出，我们宁可得罪两三千名干部，也不能得罪三百万人民群众。

乡村计划生育（古风）

（1994年）

中国苦人多，
土地不加增。
国策第一条，
当是管民生。
人口控不住，
上司责守令。
指标连乌纱，
过限污政声。
立地摘顶戴，
两年不叙用。
守令催下吏，
下吏逼里正。
布告一邑民，
两年不许生。
管你生过否，
头胎也不行。
一胎全带环，
二胎全扎缝。

病房皆爆满，
院内搭帐篷。
无男保根苗，
多有逃飘萍。
僧逃庙难逃，
父母入牢笼。
高帽游街去，
面薄难偷生。
逾期不归来，
户口吊销空。
株连及邻里，
左右扒房同。
更苦是处罚，
罚款成倍增。
始则三四千，
继则六千零。
数年已罚过，
再罚与今同。
卖粮卖黄犊，
多有家室空。
我闻心恻恻，
深惧愁云重。

罚款用于民，
或可保民生。
闻道多挥霍，
酒肉胥役供。
闾巷皆私议，
民口防不胜。
生育必控制，
突击亦可行。
要在谋久远，
政策保民生。
民生不保障，
恐难臻治平。
迂腐夫子语，
站说腰不疼。

今注：20世纪80年代，鉴于人口快速增长，国家推行三十年计划生育政策，以牺牲一代人自主生育的代价遏制了人口爆炸性增长的势头。在政策执行中，各地强制性执行引发许多社会矛盾。如何调节人口增长，今天亦应深入研究。

虎门吟（古风）

（1994年）

一关守珠江，
广州赖屏蔽。
销烟三日潮，
荡尽百年耻。
烟雨炮台在，
犹铭林公志。
历年百五十，
烟祸复又起。
缅老金三角，
坤沙毒国立。
贩毒经大陆，
转运走欧西。
毒枭四海聚，
借道云贵区。
利倍三更起，
百倍命可弃。
滇桂亡命徒，
涉险轻七尺。

潜踪白昼伏，
月黑杀人迟。
可叹吸毒人，
上瘾不由己。
人或为鬼蜮，
不复有生理。
毒品视为命，
何处筹毒资。
君不见一人吸毒家室破，
资财万贯一朝掷。
富者卖田舍，
穷者鬻妻子。
愚者苦乞讨，
智者拐骗逼。
胆小作偷儿，
胆大杀人去。
清明好世界，
从此祸乱起。
可喜政府注意已及此，
方方面面齐心共努力。
切断毒品道，
打击贩与吸。

国民全支持，
禁毒初奏绩。
嗟我中华人，
不可受毒欺。
遥遥望虎门，
心随江潮飞。

人生（古风）

（1995年）

何以名人生，
人生一过程。
从生走到死，
皇帝草民同。
生有贫富分，
运有穷与通。
终当殊途归，
一去万事空。
何以名人生，
人生亦奋争。
不是争名利，
不是争强能。
一要多贡献，
二要立事功。
名利身外事，
当有不用争。
闻道有先后，
旅途亦不平。

坎坷命定有，
不必苦伤神。
只要尽心力，
便是功德成。
潇洒朝前走，
身后笑浮云。

苏联解体（古风）

（1993年）

新约将签矣，
联盟正崩析[1]。
诸侯各称霸，
郑不朝天子。
六国人与文，
古来属欧西。
在盟七十年，
时时起危机。
新约将不签，
离盟扬长去。
在盟有九国，
名合实独立。
对外各缔约，
财政自打理。
空名属联盟，
各个怀心机。
分合原有定，
捆绑不夫妻。

戈氏新思维，
作俑不可逆。
人有散亡感，
国复何处去。
道路各国择，
惊慌大不必。
山居看河汉，
耿耿正明晰。

①1991年8月20日，苏联新联盟条约即将开签时，闻有六个共和国将不再参加新盟。

圣彼得堡感怀（古风）

（2015年）

王朝何伟哉，
先后两雄主。
彼得振朝纲，
集权定一尊。
强力推改革，
学欧步趋步。
建都彼得堡，
北欧始称雄。
叶卡捷琳娜，
女皇原德妇。
内修政治明，
法典列森森。
外示不可侮，
四裔拓疆土。
两君奠雄基，
列强并当世。
今我来彼城，
处处见旧迹。

近代多灾难，
浴火又重生。
俄人性顽强，
沉鸷重读书。
天赋资源美，
中兴自可期。

第二卷 七绝

泰山十八盘

（1981年）

勾连一线地通天，
扑面苍茫十八盘。
云步桥升千丈挂，
对松山守万寻寒。

泰山探海石

（1981年）

巨石如飞天外来，
暮霞夕照紫云裁。
困龙腾跃身难化，
为恋仙山望玉台。

鲁故城周公庙[1]

（1981年）

故国荣华成旧梦，
颓垣断础落霞中。
功开周祚接千载，
道贯神州万世同。

①周公庙在鲁国故城中部，现处曲阜城东北五里，内祀鲁国第一代君主周公旦。此庙曾因年久失修，呈一片破败景象，今已修复。

邹县孟庙[1]

（1981年）

三迁贤母断丝机，
稚子诗书苦学归。
若问谁家妇似孟，
遥看阙里烟霞飞。

①孟庙为祭祀孟子之庙，位于山东省邹城市。

湖上渔家

（1984年）

船作剪茅网作耜①，
儿孙三世水中鱼。
桃源不识东西晋，
上岸犹言韩复榘②。

①剪茅，即房屋。
②听老人言，20世纪50年代，微山湖渔民信息闭塞，他们常年生活在船上，只有卖鱼时才上岸。曾有老渔民上岸，逢人便问“省主席还是韩复榘吗”，引为笑谈。

郑燮纪念馆

（1990年）

衙斋飒飒苦秋声，
宦迹因缘绘事名。
不负生民民不负，
兰心竹节赞高清。

农村考察（七首）

1990年8月底，余随中央农村改革研究室主任杜润生同志考察潍坊、淄博、东营等地农村改革。

访寿光

一亩大棚栽菜瓜，
全年收入小康家。
寿光园圃名天下，
致富农村科技花。

过陈少敏同志故居[1]

投身革命万难尝，
巾帼将军守四方。
一票明心惊宇内，
凛然大义追双杨[2]。

①陈少敏，山东寿光人，老一辈无产阶级革命家。
②据说在开除刘少奇党籍的中央全体会议上，只有陈少敏一人投反对票。双杨，指明朝忠臣杨继盛、杨涟。

访博山

磅礴大雨访博山，
孝水清清入画笺[1]。
更有人工胜鬼手，
瓷都看尽喜流连。

①孝水，指孝妇河。

访周村（一）

薄如蝉翼细柔轻，
鲁缟纤华天下名。
古镇依稀存旧貌，
当年丝路此登程[1]。

①史界近有说丝绸之路应以山东为始点。青州博物馆有出土魏晋刻石，图画西方人来青州贸易蚕丝者，此说信有由矣。

访周村（二）①

股份姓资还姓社，
试来利害论评多。
周村一马先头进，
实践真知细细磨。

①周村当时是农村股份制改革试点区。

临淄西单村

西单生态建新村，
四个一吨惊世人①。
良性循环前路阔，
高产高效地流银。

①临淄区西单村大搞农业种植结构调整，发展农村科技，实现户均生产一吨粮、一吨藕、一吨蒜、一吨水果，为山东省农业发展典型。

赠别杜老

参透国情强有期，
农村改革领军旗。
平生坎坷千秋业，
林下何甘望养怡。

考察广东珠江三角洲三市

（1994年）

七日兼程千百里，
珠江四渡看明珠。
中山呼啸东莞猛，
顺德腾飞弃旧图。

东行（四首）

（1991年）

蓬莱阁望海

东海仙山何处巡，
蜃楼飘渺辂辚辚。
千般幻化终虚妄，
莫羡阿房宫里人[①]。

①阿房宫里人，指秦始皇。他多次派人寻找海上仙山，求不老之药。

长山列岛

长山列岛是仙乡，
耕海渔夫收获忙。
年入人均一千七，
山东最早超小康。

月牙湾

碧海银钩晓月残，
瑾琼铺就细沙滩。
天庭应是瑶山倒，
碎玉骊珠洒世间。

昆嵛山

仙山海上现琼芝，
教创全真丘处机。
修炼七贤成道日，
云遮雾罩愈清奇。

青州博物馆铁鹤

（1992年）

汉宫衰草没铜驼，
双鹤亭亭尚伟峨。
历尽刀兵终不化，
犹然引颈向天歌。

青州观赵秉忠殿试卷

（1992年）

胪唱曾传第一声，
青州风物赖君名。
人言神品随鹤去，
墨卷出时天下惊。

游灵岩（三首）

（1993年）

罗汉堂

四十彩雕名海内[1]，
三回观瞻拜禅尊。
因缘抵掌说千载，
我与高僧论六根。

①灵岩寺内有彩色泥塑罗汉四十尊，真人大小，神态毕肖。其中三十二尊塑于北宋，八尊为明万历年间补塑，被梁启超誉为“海内第一名塑”。

大雄宝殿

题壁琳琅出世吟，
几多巨宦说归林。
松风泉韵闻经号，
曾见何人无利心。

大将军柏①

古寺灵岩草径榛，
苍苍黛柏大将军。
铜枝铁干霜皮皱，
应是汉皇梦里人。

①灵岩寺内有汉柏一株，传说汉武帝曾梦到此柏，封其为“大将军”。

聊城光岳楼忆元好问

（1990年）

何为遗山羁绊处，
半城湖水照明楼。
忍生至觉吟荒寺①，
一世文章百代留。

①至觉寺，聊城城内一座元代寺庙，元好问曾被羁于此。

山东农村改革发展杂诗（十一首）

（1994年）

得利斯

图存改制自求强，
得利斯名天下扬。
一跃山东成巨富，
小康路上谱新章。

冬季蔬菜大棚

处处隆冬起大棚，
白云片片似湖明。
天寒食得夏瓜菜，
车载天天进北京。

大棚效益远过种粮

凌寒青翠绽繁花，
冬暖大棚映日斜。
科技换来果菜美，
年年生计胜桑麻。

寒亭农村加工业[1]

户户机声夜不眠，
家家副业兼耕田。
经营多种多收入，
农妇再无三日闲。

①寒亭农村发展手工业加工，已形成一村一品、一乡一业规模。

莱阳龙大集团

破窑盖起大冰房，
蔬菜青青披倩装。
一个龙头连万户，
加工出口到扶桑。

种棉苦

最苦农家是种棉，
一年血汗几文钱。
官商低价强收粜，
暗度陈仓走夜船[1]。

①当时棉花收购价过低，农民不愿意售卖，而政府强收，故多暗卖黑市。

农村新貌

禽畜盈栏果满山，
粮田一变为花田。
农村六业势头旺，
过海八仙争向前。

王廷江[①]（二首）

其一

创业曾尝苦与辛，
功成难慰众乡亲。
家财万贯捐集体，
领率全村共富均。

其二

布衣黔首染风霜，
锦绣江山腹内藏。
恶浪险滩皆闯过，
小康之路不彷徨。

①临沂市沈泉庄党支部书记王廷江，近年来将个人创办企业所积累的六百余万元资产全部捐给集体，带领本村农民致富。

岜山村[1]

谁道山村偏僻苦，
三千城妹打工来。
高楼栉比新农舍，
万杰名医对众开。

①博山区岜山村党总支书记孙启玉带领村民发展工商业致富，村内建有全国驰名的万杰医院。

博山山民搬迁[1]

何以扶贫难脱贫，
只缘山恶不留人。
博山守令新思路，
八万山民变市民。

①1994年8月，余受命对博山八万山民迁出山区之事进行调查，当时博山区委书记是贺连春同志。

孙武故里①

（1994年）

田书伐莒立殊功，
采邑乐安齐赐封。
遗址莘桥仍旧在，
长卿故里广饶通。

①孙武，字长卿。关于其故里，有滨州惠民说、东营广饶说等。孙武先祖田书，因伐莒有功，封乐安，赐姓孙氏，似应为广饶人。

济南春日苦短

（1994年）

方恨春深寒气邪，
蓦然一夜绽繁花。
济南四季三春短，
才脱棉衣便著纱。

汶上宝相寺出土佛牙①

（1994年）

梵宫地下玉函藏，
宝相塔高对暮阳。
舍利佛牙惊出世，
祥云十日沐霓光。

①1994年农历三月十五日，汶上宝相寺塔宫出土佛牙一枚、舍利数百，绝世圣物也。各国高僧来瞻，有重修寺庙之议。

过梁山

（2000年）

连天水泊迹何存，
空剩双丘对暮尘。
有道重修聚义处，
依然难觅旧时云。

黄山北海

（1983年）

山高路险走天梯，
一线穿云湿袂衣。
更喜残阳天际落，
光明顶上彩霞飞。

西湖游

（1983年）

每至余杭尝问之，
西湖千载又何遗？
青山环抱三忠墓[①]，
碧水轻拍二令堤[②]。

①三忠墓，指岳飞、于谦、张煌言之墓。
②二令堤，指白堤、苏堤，为白居易、苏轼知杭州时所修筑。

西行杂诗（八首）

（1983年）

过马嵬驿

杨妃寂寞香消地，
漠漠平畴无旧遗。
唯有马嵬留字在，
千年犹唱白公诗[1]。

①白公诗，指白居易《长恨歌》。

哈密回王墓[1]

黄沙落日照荒城，
碧瓦圆穹西域风。
哈密古来征战地，
额王大义亦英雄。

①墓在哈密回城西三里，为第一代回王额贝都拉之墓。顺治初年，额贝都拉归清。

过张掖

旧垒河西遗锈镞，
似闻金鼓遏云呼。
唯今只有阴山石，
曾见征刀敌血污。

左公柳

旆旌西指满边堠，
万里新疆一剑收。
抚柳低吟思左帅，
遗恩广被最风流。

嘉峪关

大漠苍茫暮鼓催，
雄关如铁镇边隈。
西行不再伤春尽，
草长花红莺舞徊。

兰州金城关

黄河东去水蓝清，
象塔高高白且明。
鬼劈神开天一线，
雄关襟带锁金城。

哈密杏儿沟

苍凉赭石望天山，
绿树青荫红杏鲜。
最感乡人多古意，
园中摘食五毛钱。

天山牧场

满川绿透草波平，
薄雾初开弄少晴。
三两毡包天上挂，
白云飘处马嘶鸣。

江阴怀古①

（1985年）

谁云吴下粉如泥，
断壁残垣明社旗。
八十三天犹汉饰，
砍头十万又何之。

①明亡后，江阴人民曾自发组织守城抗清，坚决不执行清朝剃发易服之命。全城官民守城八十一天，城破后，清兵屠杀居民十万。

高邮道上

（1985年）

扬州一过望高邮，
夜月邗沟静静流。
浩渺水天浑不辨，
前头已见古城楼。

题厦门胡里山古炮台

（1986年）

胡里山头古炮台，
坚城壁垒鬼难开。
红夷已退涛声静，
而后尚能战几回。

到龙岩

（1986年）

生在平原慕大川，
重峦叠嶂闽西山。
龙岩远望尤奇绝，
车跃云飞上碧天。

苏州纪游（三首）

（1986年）

李秀成旧府

忠王旧府饰方新，
陈迹斑斑忆故人。
铁马金风身百战，
一篇供状百年尘。

灵岩山

一夜春风红绿烟，
姑苏仕女踏青阡。
紫岚云霭塔形远，
仙乐遥闻动管弦。

虎丘

阊门名胜此居一，
砖塔苍苍铸剑池。
占尽风流成旧梦，
山山丘壑胭脂姿。

南行记（五首）

（1990年）

珠海印象

珠海风光深圳异，
繁华更以秀山名。
回头拱北烟霞起，
一片葱茏不见城。

香洲怀叶帅①

竖旗独立建新营，
虎帐群英夜论兵。
取义成仁鸣画角，
旄头西向五羊城。

①1924年，叶剑英受廖仲恺之命，到香洲（今广东珠海香洲区）创建粤军第二师独立营。

夜吊黄花岗

七十二雄传岭名，
三千六百柏和松。
骨埋黄土忠魂在，
夜影摇摇动心旌。

珠江三角洲

南国繁花连海溟，
山川钟秀亦人灵。
康梁北走神州动，
霞蔚中山破帝庭。

孙中山故居（新声韵）

二龙珠吐瑞云钟，
草屋数间名翠亨。
先有此园方有国，
画楼依旧碧霞中。

北游纪程（十六首）

（1992年）

过塔山

依稀薄雾似岚烟，
才过塔山看黑山。
断戟残戈何处觅，
一坡粱豆映红天。

清故宫

十三遗甲誓兴兵，
一战收明四十城。
风卷残云辽沈定，
北京遥对建新京。

八王亭

马上匆匆创制生，
龙盘虎踞八王亭。
清家多少阋墙事，
冕毓终当血染成。

过大兴安岭

潇潇夜雨打窗栏，
忽感衣单不胜寒。
坐望茫茫林似海，
长车如箭过兴安。

海拉尔

伊敏河头珠夜明，
兴安岭右赞名城。
方除旧景呈新貌，
表率百旗万马鸣。

鄂温克旗草原（六首）

其一

水美草青边马驰，
牧民代代盛于斯。
东胡突厥金元霸，
占尽风流留史诗。

其二

天连绿草草连天，
山咬白云云咬山。
唯感呼伦天地促，
远尘避世胜陶田。

其三

几曾极北梦穹川，
身至方觉梦始偏。
若赞草原如大海，
天青似海海连天。

其四

大漠生民皆善舞，
敖包歌罢酒三壶。
今宵场内谁潇洒，
王大铎和哈日夫[①]。

① 王大铎时为辽宁农村发展研究中心处长，哈日夫时为内蒙古自治区党委政研室处长。

其五

酒歌一曲入青云，
天下真淳是牧人。
莫道病身难胜酒，
且干两碗唱情殷。

其六

烽火连墩三十年，
岭西夜夜枕戈眠。
弓刀销尽山河晏，
处处春风绿满川。

夜宿扎赉湖

亘古穷荒化未开，
隆隆涛起怒声来。
天摧雨骤浑难辨，
偶有精光照断崖。

满洲里（二首）

其一

穷边漠漠鬼闻愁，
雁叫凄清水北流。
背井离乡羁旅客，
家山回望雪飞头。

其二

孤悬极北守严疆，
城外遥遥望旧墙。
昔日敌人今日客，
开关互市正繁忙。

与中央政研室肖万钧同志谈农村改革

蒙古包新日影斜，
斑斑毡毯美如花。
草原变化言难尽，
相约探贫到牧家。

海拉尔机场别郎立兴同志[1]

岭西秋重嫩寒封，
犹有乡情似酒浓。
七月识君方为始，
来年东鲁再相逢。

①郎立兴，山东莱州人，时任呼盟党委研究室主任。

吉林游（五首）

（1992年）

望长白

轻车盘径路三千，
尽数名山与绣川。
只恨尘身留不得，
林花幽草对春怜。

敬信即景①

穷边小镇静如潭，
山秀水青如塞南。
三五人家牧笛起，
炊烟直上接晴岚。

①敬信镇位于吉林省珲春市东南部，为中俄朝三国交界处，多平原，水网纵横，一如江南。

白桦

根立白山云雾中，
高寒四季愈葱茏。
不同众木争佳处，
瑟瑟柔枝铁骨雄。

天池闻怪

人说天池栖怪兽，
非蛟非马隐真容。
深潭成就方三纪，
难道云霄降孽龙①。

①长白山天池由火山喷发形成，最近一次喷发是在1702年。

小天池①

佛库伦含朱果处，
池清林秀小瑶台。
松吟泉唱鸣琴瑟，
可有仙娥下界来。

①瀑布不远处有小天池。据满族传说，古时有三仙女在此处沐浴，内有名佛库伦者，食仙鸟所衔朱果而生满族祖先。

浙西纪游（十一首）

（1995年）

夜游新安江（二首）

其一

建德新城起白沙[①]，
浙西山野遍繁华。
夹江绿翠惊鸥鹭，
端的蓬莱羽客家。

①新设建德市在白沙村，旧在梅城镇。

其二

重峦叠嶂银河暗，
渔火数星江上寒。
秋水轻风除困虑，
细听舟子说龙蟠。

千岛湖（三首）①

其一

访君南来细雨迟，
何处故淳寻旧仪。
惠政安民无迹吊，
龙山独见去思碑②。

①海瑞曾为淳安令，今淳安旧址贺城已淹没于千岛湖下。
②去思碑，为淳安人怀念海瑞所立。

其二

青溪烟雨细锦鳞，
野渡扁舟披笠人。
旧景销魂皆付梦，
湖中惆怅望云津。

其三

文献名邦信不虚，
宋明科甲傲云梯[1]。
蛟峰南望塔山雾，
商相茔田草色迷。

①淳安为文献名邦，虽县小土瘠人贫，然文风甚炽，封建时代科甲鼎盛。宋时有状元詹骙与方逢辰。方逢辰号蛟峰，建书院于城北山口，今存旧址，为湖中一岛，辟为蛇园。明时有三元宰相商辂。

富春江上（四首）

其一

富江坝起出平湖，
一十八滩皆坦途。
建德买舟随水去，
梅城一过望桐庐。

其二

烟波浩渺一舟轻，
四面远岑薄雾生[1]。
乱树繁花红似火，
水蓝山绿照衣青。

①沿江直下，风景殊美，山水烟波，一似画图，有黄子久（公望）所不能者。

其三

山水纵横天下名，
淳安古道尽诗城。
临江独立吟难尽，
舟转山移展画屏。

其四

烟云万变万山变，
江水千回千水青。
七里滩飞舟一叶，
左弦遥望到严陵。

严光钓台[1]（二首）

其一

蓑笠钓江求避世，
野泉林下更名红。
孤台访客如鱼过，
名利几人不热衷。

其二

草卧旁观汉业兴，
不为君用自孤行。
富春自放啸明月，
成就两人千古名。

①严光，字子陵，年轻时与汉光武帝刘秀同在太学学习。光武帝即位后，严光隐居富春山。后人将其垂钓处称为严陵濑。

海南行（六首）

（1995年）

国际农村改革讨论会上

在野在朝身有异，
忧民忧国应心同。
南琼聚首细谋划，
抵掌倾情说富农。

林毅夫先生赠书

东归报国秉初心，
肺腑衷言动翰宸。
发展和平方立世，
海峡吴楚怎离分。

海南三月

椰雨蕉风景色新，
海南三月小阳春。
贤达四海白沙聚，
改革研求谋划频。

五公祠

天地生才能有几，
五公遗恨叹荒祠。
忠良跃马舒眉日，
便是国家强盛时。

谒海瑞墓

直谏当年震庙堂，
廉名千载骨犹香。
金陵一病清魂去，
勒石琼山正气长。

天涯海角

天到南涯海到边，
流人回望路遥悬。
春风一夜花千树，
莫道雁鸿飞半年[①]。

①唐李德裕被贬海南，有诗《登崖州城作》，其中有句："独上高楼望帝京，鸟飞犹是半年程。"

访小乔墓

（1999年）

惊世风流过眼云，
巴丘一冢葬钗裙。
阿瞒遗恨三分鼎，
铜雀遥遥对孤坟。

西泠谒秋坟

（2005年）

箫声似咽声岂远，
剑气如虹气永存。
独吊孤坟秋日下，
平湖千古伴英魂。

访台湾（六首）

（2011年）

台北

冬季来时人看雨，
此城夏日更清奇。
蕉风拂面花香远，
梦里楼台映彩霓。

基隆

雾岭云飞又一层，
雨中楼榭更魂萦。
百年一叹台湾史，
石巷深深话古城。

高雄

高高树上满槟榔，
队队摩车花路长。
万国彩旗沿港挂，
台南重镇美名扬。

台中会见国民党“立委”杜立德先生

选战旗开画角鸣，
群雄秣马树星旌。
台中升帐先头进，
列阵蓝营意气生。

台北会见吴伯雄先生

东鲁离分方匝月，
又逢台北问乡音。
贸经合作手牵手，
文化交流心换心。

日月潭

天留日月水波泓，
涵碧楼头叹汉营[①]。
复国图谋成旧梦，
烟云变幻掩戈兵。

①涵碧楼为国民党到台湾后所建，蒋介石常居于此。

再访台湾（三首）

（2013年）

佛光山拜会星云大师①

慈悲示教化黎民，
口吐莲花度众人。
播得慧根心向善，
同源两岸一家亲。

①2013年10月第二次访台，在佛光山受到星云大师亲切接见，并参与一系列鲁台交流活动。

赠吴伯雄先生①

爷仨宴上唱离词，
两岸之情泪目迷。
来岁山东花万树，
再迎吴老访青齐。

①2013年11月2日离台返鲁，中国国民党荣誉主席吴伯雄先生设宴相送，他与两个儿子合唱《送别》，感动四座。

亲历花莲地震①

宴上忽然天地摇，
主人笑语慰同胞。
花莲三载无强震，
海为山东起大蛟。

①2013年10月31日，抵花莲。花莲县县长傅崐萁与花莲各界相关人士举行欢迎会欢迎山东代表团。晚8时02分发生6.3级地震，震感强烈，桌子、吊灯剧烈晃动。傅先生镇定自若：“花莲三年没有地震了，它与花莲人民一起对山东代表团表示欢迎。”晚会继续进行。

五峰山

（2013年）

四围山峻望霞升，
一派泉声响玉铃。
不恋皇封追羽客，
千年古柏叶青青。

德州苏禄王墓口占

（2017年）

破浪斩鲸朝北阙，
英魂南望海无波。
人家烟树二王后①，
犹唱中菲友好歌。

①明永乐年间，苏禄国东王前来朝贡，病故葬于德州，温哈剌、安都鲁二王子留下守墓，至今已六百余年，其后裔形成安、温两姓。

访博山人立琉璃艺术馆

（2017年）

炼石补天叹女娲，
隋侯珠润帝王家。
孝河侧畔千年火[①]，
绝艺鳌头开异花。

①孝河，即孝妇河。

红千层[①]

（2017年）

如霞似锦一丛丛，
遥望团团火正腾。
嘉卉岭南呈异彩，
花中翘楚红千层。

①红千层，岭南奇花，其状如刷，色如烈火。

夜过古北口①

（2017年）

千峰黯黯接寒星，
锁钥雄关守帝庭。
犹记蟠龙忠血碧②，
松涛阵阵动魂听。

①古北口为密云之外重要的长城关口，历史上狼烟不绝。
②1933年日军进攻长城，国民革命军坚守御敌，歼敌2000余人，史称“长城抗战”。此句指国民革命军第17军七勇士固守阵地，杀敌百余，壮烈殉国。

建川博物馆

（2017年）

国恨家仇岂可忘，
英雄血肉筑铜墙。
五千手印深留记①，
壮士牺牲斩恶狼。

①位于四川成都的建川博物馆有一处中国老兵手印广场，极撼人心。

大邑刘氏庄园

（2017年）

文采庄园宇内传，
收租院里泪斑斑。
恍如隔世看泥塑，
且忆且思走又还。

陕北行（三首）

（2017年）

黄土高原印象

宝塔山高延水长，
当年黄土叹荒凉。
林还耕退见奇效，
寸草难生变富乡。

杨家岭（新声韵）

虎踞延安控陕甘，
指挥敌后抗凶顽。
一钩新月长空挂，
曾照红军旧营盘。

梁家河

面朝黄土志难挪，
大任担肩天苦磨。
七载破关归碧海，
文安驿外梁家河。

七月江淮大水

（1998年）

疑是洪荒再世逢，
江淮楚汉水汹汹。
滔天自有方舟在，
合力同心斩孽龙。

赴京汇报农业产业化[1]

（1994年）

农业何为产业化，
同商老段再升华[2]。
明年一号文中定，
一夜稿成月正斜。

①农业产业化是山东农村改革发展的重要经验，余全程参与总结论述及推广工作。1994年12月，中央农村工作领导小组通知时任省农委副主任王明钢同志与余到京。时任中央农村工作领导小组办公室主任段应碧同志要求撰写一篇约2000字的简短文章，把农业产业化的基本经验与内涵说清楚，以上报中央。余当晚写出，次日与段应碧、王明钢同志商量修改后上报。1995年中央一号文件论述山东农业产业化经验，并在全国推广。

②老段，即段应碧同志。

革命史迹纪念地参观琐记（二十首）

北京赵家楼旧址

北洋卖国事难容，
群起抗争继陈东①。
赵氏楼头燃怒火②，
雄狮觉醒唤农工。

①陈东，北宋钦宗时太学生。在金兵入侵民族危亡之际，集聚太学生集体请愿，罢除蔡京、童贯等“六贼”，支持了抗金大业。
②赵氏楼，指签约“二十一条”的北洋政府外交次长曹汝霖旧宅。1919年5月4日，赵家楼为愤怒的学生所烧，拉开了“五四”运动的大幕。

嘉兴南湖

南湖柳色入平畴，
潋滟波光映画舟。
巨臂十三升旆帜①，
从今沧海博激流。

①巨臂十三，指参加中共一大的十三位代表。

广州沙面

当年炮响震天鸣[①]，
南北干柴起火星。
京汉安源连矿路，
罢工粤港喊先声。

①1925年6月，为声援上海“五卅”反帝爱国运动，广州、香港的工人们在共产党人邓中夏、苏兆征的领导下，举行了震惊中外的省港大罢工。6月21日，沙面英警开枪打死游行工人50余名，点燃了全国工人运动的烈火。

广州中共三大会址[①]

反帝反封前路辛，
羊城三大定方针。
求同存异齐头进，
国共联心局面新。

①1923年6月，中共三大在广州召开，决定采取共产党员以个人身份加入国民党的形式实现国共合作，同时保持党的独立性。

汀泗桥

国共北伐卷大潮，
广州兵出杀声嘹。
三军踊跃旌旗舞，
叶挺已收汀泗桥。

上海闸北

北伐精甲捣龙庭，
平地忽然起恶风。
闸北枪鸣闻蒋叛，
工农血染浦江红。

南昌起义旧址（新声韵）

杀屠愈酷愈仇深，
血愈鲜红愈醒人。
革命不能无武力，
南昌枪响震乾坤。

八七会议会址

腥风血雨满天仇，
八七中央大局谋。
党要武装求自救，
秋收起义干从头。

井冈山

南昌义火照天烧，
湘赣红旗卷怒飚。
久挫坚城教训苦，
农军拨马上罗霄。

古田会议旧址

红军不与旧军混，
新旧两途宗旨分。
党建古田遵铁则，
忠诚于党铸军魂。

参观井冈山革命纪念馆

红色政权何永存，
武装割据赖新军。
斗争地主分田地，
百里罗霄处处春。

瑞金

赣水苍茫三闽碧，
瑞金城上竖红旗。
人民始有政权在，
分地分田旧世移。

于都河

红色山河血染成，
苏区日蹙苦支撑。
于都冷冷桥头月，
照我红军去远征。

遵义城下

当年拒敌挥师过，
遵义城头百战旗。
清算“左”倾方转舵，
红军始庆入平夷。

直罗镇（新声韵）

精甲飞夺腊子口，
铁军呼啸过甘南。
奠基一战全局定，
宝塔山前扎寨盘。

瓦窑堡会议旧址

东北陆沉华北悬，
寇骑南窥起烽烟。
图存抗战方针定，
夜渡黄河鸣铁鞭。

八路军西安办事处

西安事变震寰中，
兵谏张杨锢蒋宫。
艰苦调停除内乱，
共同抗日挽强弓。

卢沟桥

七七宛平城下火，
平津焚过又申滨。
卢沟桥上殷殷血，
唤起炎黄抗敌人。

小岗村

不甘辈辈受贫穷，
小岗农夫手印红。
一破坚冰春水绿，
农村改革盼年丰。

京西宾馆①

十年动乱理还清，
功过是非明定评。
历史重新翻一页，
齐心面对跨征程。

①1978年12月，中共十一届三中全会在京西宾馆召开。

读薄一波同志《若干重大决策与事件的回顾》（四首）

（1993年）

进京①

麻衣草履进京城，
泥腿今天坐帝庭。
血战赢来初定鼎，
莫随李闯再西行。

①毛泽东主席自西柏坡进驻北平时，笑谓“进京赶考”。

刘张事件①

生死关头论杰英，
销磨最是乐承平。
刘张授首警天下，
整肃犹须重典刑。

①刘青山、张子善事件，是新中国成立初期“三反”运动中查出的一起党的领导干部严重贪污盗窃国家资财案件。

三年社会主义改造

审时度势国情明，
进退循章邦自宁。
改造功成公有固，
金光大道永昌荣。

农业合作化

千年立国赖农耕，
互助图强变旧程。
要在循机促渐变，
急求冒进反难成。

1999年9月22日看国庆50周年阅兵彩排

（1999年）

三军列阵战旗开，
铁马金戈动地来。
飞弹光芒寒敌胆，
气吞万里过将台。

香港招商说明会①

（2003年）

冠盖如云会展厅，
香江今日已空城。
深情齐鲁邀朋友，
合作交流图共赢。

①2003年5月，山东代表团在香港会展中心召开招商说明会，名商大贾荟聚一堂，亦为香港开埠以来所未有。

济南引黄节水工程开工

（2004年）

自古济南水满城，
十年干涸竟虚名。
引黄节用源头补，
重见甘泉汇大明。

“5·12”大地震通宵值班

（2008年）

灾况前方飞报急，
羽书旁午夜难居。
心忧恨不生双翼，
亲到西川战废墟。

元旦陪总理考察青岛

（2009年）

谁人节日累无暇，
总理深情挂万家。
港口农村皆访遍，
村头促膝话桑麻。

温总理接见《政府工作报告》起草组全体同志①

（2010年）

记者会开方折冲，
湖南厅里乐融融。
道声辛苦手双握，
总理关怀溢我胸。

①余曾参与2010年国务院《政府工作报告》起草工作。全国人大会议结束后，温家宝总理在湖南厅接见起草组全体同志。

北川欢送援建队伍

（2010年）

泪水潸潸流不停，
两年援建即回程。
羌家父老扶携送，
尽满湔江川鲁情。

暴风雨中自烟台飞青岛

（2010年）

暴雨倾盆黑半城，
穿云强起险中行。
莫言技胜无惊悚，
落地忽闻雷炸鸣。

夜深赴长清山火现场施救①

（2011年）

连片烟光山火急，
风干天燥已燃眉。
军民三万夜犹战，
誓保泰峰不破篱。

①2011年4月18日，济南市长清区发生山火，逼近泰山，军民奋战四昼夜，终于扑灭山火。

东海闻警

（2012年）

夜雨秋窗望海旌，
依稀画角接天鸣。
东人钓岛兴风浪，
何日强弩射大鲸。

陪同马凯同志视察海阳

（2012年）

才访德州又海阳，
不辞炎夏骖騑忙。
民生发展心中系，
再谱山东新乐章。

习总书记看望黄岛燃气管道爆炸受伤群众，并作重要讲话①

（2013年）

岛城燃爆世惊闻，
协力同心速救人。
党政安全同负责，
措施抓铁要留痕。

①2013年11月22日，黄岛发生燃气管道爆炸。24日，习近平总书记亲临视察，看望伤员并作重要讲话，提出安全生产党政同责的要求。

建军90周年阅兵[1]（二首）

（2017年）

其一

弓刀千队列旌分，
牙帐点兵气干云。
虎卫龙骧听帅令，
三军剑指吐谷浑[2]。

其二

塞外草深边马肥，
烽烟难靖号声催。
旌旗猎猎明金甲，
不斩楼兰誓不回。

①2017年7月30日，朱日和基地阅兵，习近平总书记检阅部队并作重要讲话。

②吐谷浑，古鲜卑族的一支，西晋时建国甘肃、青海一带，唐时为吐蕃所并。唐代泛指侵扰边境的敌军酋领。王昌龄《从军行》：“前军夜战洮河北，已报生擒吐谷浑。”

东京自民党总部会见安倍晋三干事长

（2004年）

暴雨疾风终有尽，
同舟共济路方通。
山东山口多携手[①]，
两国交流花正红。

①山口县是安倍晋三干事长的家乡。山东省与山口县是友好省际关系。

青岛宴冰岛总统格里姆松

（2005年）

曾游冰岛浴蓝湖，
会面青城早相呼。
协议渔联延旧约，
观光互访画新图。

济南会见美国务卿奥尔布赖特

（2007年）

言辞犀利目如鹰，
世上谁人不识卿。
入座直夸齐鲁美，
赠余自传又签名。

东京访日本前首相福田康夫

（2009年）

曲阜别方来一载，
再会东京相印还①。
中日合和期共赢，
创新温故看向前②。

①2008年，福田康夫首相访问山东。2009年山东代表团访日时，福田康夫已经卸任。

②“温故创新”四字为福田康夫在山东曲阜孔庙大成殿前题字。

青瓦台拜会李明博总统

（2009年）

青岛之行记忆深，
琅琊台酒已三斟。
中韩友好千年计，
增进交流心换心。

济南机场会见布什总统

（2010年）

退休精力更无前，
两日跨洋飞往还。
英语欢迎言一句，
热情执手话连连①。

①在济南遥墙机场陪同领导同志接待布什总统时，余用英语说“欢迎”一词，布什总统以为余通英语，握手讲话良久，惜一句亦未听懂。

宴黄永玉先生

（2010年）

依然率性老天真，
烟斗红衣精气神。
挥笔惊蛇风雨动，
茅轩云起有龙津。

赠鸠山由纪夫首相①

（2012年）

此姓君家有大名，
当年户户唱红灯。
果然谋国称良相，
务扫阴霾期太平。

①2012年7月，日本前首相鸠山由纪夫访鲁，并游览泰山。在济南晚宴后，余与数位朋友陪同首相挥毫题字。鸠山首相为余题写斋号，余画鸡一幅赠予首相。

新加坡拜见李显龙总理

（2015年）

狮城七月绿葱葱，
促膝欢谈硕果丰。
三十春秋交往厚，
诚邀总理访山东。

访新加坡何晶女士见赠《李光耀》一书

（2015年）

缔造功高奠盛基，
城邦小国奋飞奇。
育才兴教重科技，
廉洁包容一面旗。

有寄

（1981年）

红尘滚滚众如云，
管鲍之交有几人。
逆旅独孤天地客，
再呼美酒尽三巡。

客旅

（1983年）

旅途寂寞夜无涯，
堪那潮声一片蛙。
数起看天河正远，
斗星指处是吾家。

赠妻

（1983年）

一年一度雁南飞，
能寄几多苦相思。
坐对孤灯风共雨，
今离再见又何期。

哈密遇王经坤师[1]

（1984年）

聚散合分数亦奇，
古城戈壁见吾师。
阳关莫唱关楼远，
明日春风到龟兹。

①王经坤先生是余高中老师，时为库尔勒农二师招聘去教书，相会于哈密。

梦醒西寄

（1985年）

醒来难忆酒沾衣，
聚散人生魂梦非。
斜月半窗残烛泪，
菱花怯照鬓毛稀。

夜思

（1985年）

飒飒竹声人不眠，
中霄青碧觉新寒。
深闺夜半应知我，
西望天山盼月圆。

临别赠妻

（1986年）

芳草绿杨几季休，
伤春不敢上西楼。
无情不似多情苦，
最苦伤春连别愁。

闻妻儿东归

（1987年）

狼藉寒舍忙刷整，
吊虫斑壁白泥封。
寻常一烛滴红泪，
才有归期自展容。

杂诗

（1990年）

痴迷绿水与青巅，
前世或为一老猿。
何日浮生能放浪，
遍游天下好山川。

自题

（1990年）

人生百岁半虚耗，
每对菱花看二毛。
底事浩歌伤绿鬓，
故园萧索待吾曹。

送友赴任

（1991年）

出身闾左识民艰，
腹有诗书气自闲。
才具卓然开大府，
使君勤慎烹小鲜。

感怀

（1991年）

拼将文章换甲鳌，
细思才具有还无。
家山已渺道山远，
夜夜魂牵旧苑楼。

儿嬉（三首）

（1992年）

其一

久住高楼羡草坪，
稚儿爱土性天成。
夕晨三遍看盆栽，
何日叶青花朵荣。

其二

久思欲建大工程，
一扫凉台清雨棚。
叠石植花倾绿水，
命名青岛旅游城。

其三

小儿七岁学堂忙，
夜半妈妈哭一场。
嫌也嫌他难写好，
既疼又骂反心伤。

小平同志南方谈话发表

（1992年）

风起岭南吹塞北，
神州转瞬即春装。
花繁树绿听莺啭，
百鸟齐鸣有凤凰。

惊闻江苏社科院农经所所长谢应奎同志逝世，不胜哀悼

（1992年）

识君六月会扬城，
抱病主持细语轻①。
一别岂知成永诀，
此时欲哭只无声。

①1992年6月，山东江苏合作项目开题会在扬州举行，江苏社科院农经所所长谢应奎同志主持会议。余与褚瑞云同志参加会议。10月，谢应奎同志病逝。

杂诗

（1993年）

世事如麻心似灰，
前行无径但徘徊。
一灯长伴读书夜，
瘦马踟蹰又闻雷。

怀父二首[1]

（1995年）

其一

阴阳两界恨分离，
刺骨锥心遗恨迟？
一梦数惊难入睡，
披衣枯坐待鸡啼。

其二

视含万幸望归尘，
苦块哀鸣不孝身。
泉下新魂知也否，
结衔怎得报亲恩。

①老父于1995年7月21日病逝，享年六十六岁。

孟超①

（1997年）

谁云同里友情高，
且说江康害孟超。
一曲慧娘十载恨，
乡音怎掩杀人刀。

①孟超，戏剧家，与江青、康生同为山东诸城人。孟超因昆曲《李慧娘》被江青、康生迫害致死，传康生与孟超有亲戚关系。

夜雪

（1998年）

疑是月华临竹窗，
起观天地裹银装。
无声落絮浑如盖，
已警雄鸡唱北墙。

会见杨振宁先生

（2004年）

去国依然故国身，
科研教育育新人。
跨洋奔走不辞苦，
堪慰神州处处春。

日内瓦晤沙祖康同志

（2004年）

持节巡行五大洲，
折冲捭阖国为谋。
裁军会上搏群虎，
铁嘴声鸣哑列侯。

悼好友王吉振[①]

（2005年）

一分三十春秋过，
谁料悠然成两途。
旧梦儿时难再忆，
天堂可有白帆无。

①王吉振，儿时最好的朋友。济南相会时，已三十多年未见，不料后因煤气中毒而故。遥想当年在运河堤上追看白帆点点，不胜唏嘘。

香港晤徐增平先生

（2009年）

惊涛过尽已心平，
壮士犹怀家国情。
圆我中华航母梦，
先生涉险庆功成。

中秋寄学隆兄①

（2010年）

南北地殊秋意朦，
临风把酒念学隆。
兄台仰望今宵月，
便寄平安一叶枫。

①陈学隆，诗友。时逢中秋，余访新西兰途中。

看望刘居英同志二首[1]

（2012年）

其一

耄耋老将气犹豪，
阔论山东兴致高。
历史轻翻卅二任[2]，
为君祝寿献蟠桃。

①刘居英同志，1917年生。1939年任中共中央山东分局社会部部长，是山东根据地重要领导人之一。1945年8月山东省政府在莒南成立，任省政府首任秘书长兼公安总局局长。后入东北，先后担任长春市首任市长、东北铁路总局首任副局长。抗美援朝时期，任志愿军铁道管理局局长。后任解放军海军政治部主任、铁道兵副司令员。1955年被授予少将军衔。

②余为第32任山东省政府秘书长。2012年3月两会期间在京看望老首长，忆及山东战时岁月，老首长依然才思敏捷，声音洪亮。

其二

当年血雨漫湖西①，
父老军民盼晓曦。
白马少年来沂岭，
初平乱局建功奇②。

①指1939年9月至11月湖西“肃托”事件。时湖西区党委书记白子明、湖边地委组织部长王须仁、苏鲁豫支队第四大队政委王凤鸣等人以“肃托”为名，杀害湖西区300余名优秀干部，制造了震惊全党的大冤案。此案直到1984年才彻底平反。

②罗荣桓同志1939年11月亲赴湖西，制止了“肃托”的蔓延。次年，23岁的刘居英同志到湖西对“肃托”事件进行详细调查并向中央报告，另对“肃托”留下的诸多问题进行处理，使湖西局势稳定了下来。

陪同国台办主任王毅同志考察台儿庄

（2012年）

走遍全球比晏婴，
扶桑驻节著贤声。
主持台海初膺任，
克难攻坚再出征。

有赠

（2013年）

兰台英杰少年郎，
常有忠言动庙堂。
痼疾春回欣圣手，
山东再写好文章。

喜孙女诞生

（2015年5月16日）

弄瓦弄璋同一脉，
仙葩移向我家栽。
不求富贵好颜色，
报得年年春信来。

自嘲

（2016年）

一觉醒来胆已去，
半年病痛渐回头①。
休言胆大可包天，
从此无颜笑鼠流。

①2016年10月，余出院恢复月余，胆囊再次发炎，入院切除胆囊。病灶去除，恢复加快。

看《夜奔》有感

（2016年）

英雄无奈走沧州，
风雪漫天深海仇。
白虎节堂生厉鬼，
月昏手刃小高俅。

示儿

（2016年）

一跃龙门意气豪，
缁袍著尽著红袍[1]。
千难万苦皆财富，
帆挂海平任尔遨。

①缁袍，黑色礼袍，为硕士学位服。红袍为博士学位服。

送友人

（2017年）

大樽放饮又如何，
山左回头老泪多。
未报苍生空赍恨，
伤心枉自费吟哦。

赠王伟将军

（2017年）

万里长天恃铁鹰，
龙泉百战夜常鸣①。
元龙不老且高卧②，
倦看风云乐友声③。

①龙泉，名剑。秋瑾有诗曰："壁上龙泉夜夜鸣。"
②元龙，三国陈登，字元龙。辛弃疾《水龙吟·过南剑双溪楼》："元龙老矣！不妨高卧，冰壶凉簟。"
③友声，朋友同声相求也。

致增祥兄

（2017年）

参商如动友情真，
褪尽繁华方见淳。
雪拥柴扉黄犬卧，
围炉对饮两人亲。

悼李佩先生①

（2017年）

你不回来吾不老②，
高山仰止比天高。
天堂再不悲离散，
风范长留教我曹。

①李佩先生为我国“两弹一星”元勋郭永怀先生的夫人。郭先生殉职后，李先生依旧教书育人，无怨无悔，2017年百岁而仙逝。
②化用“你不回来我不老”，乃李先生追怀郭先生所言。

四月一日

（2017年）

愚人不愚节非节，
美女终成脚下灰。
春雨如霖舒旱魅，
冥香纸烛送妖回。

参观巨石阵

（2017年）

巍巍石阵怎堆成，
遗迹何来多论争。
信仰能开天与地，
千年默默对云横。

贺铭座集团2018年年会

（2018年）

人生真谛重博争，
最美风光在路程。
老马识途犹奋进①，
来年勋业傲群英。

①老马，指铭座集团董事长马桂生。

我的一九七七①（三首）

（2018年）

其一

幸有邓公平乱局，
青葱吾辈念书诗。
春秋四十未虚度，
家国情深犹少时。

其二

四十年前入校期，
正逢改革破冰时。
风霜雨雪等闲过，
坐爱红霞惜日迟。

其三

四十春秋欣再聚，
依稀入学少年时。
老头老太芳华在，
犹展歌喉新唱诗。

①1977年国家恢复高考，余是年考入山东师范大学读书，1978年3月入校，至今已四十年矣。

田父吟（二首）

（1992年）

其一

胼手胝足血汗花，
辛劳终岁苦兴家。
年年疲软粮棉价，
月月扩增刀剪差。

其二

清晨排队五更鸡，
急买挂钩油与肥。
日限过期平转议，
名为农惠实扒皮。

升官乐（新声韵）

（1992年）

乡镇衙门冠盖集，
五分之四副科局。
莫言小吏争纱帽，
官阶不升薪不提。

书农民负担调查报告之后

（1992年）

提留摊派总无休，
恨不平川起大楼。
若爱苍生如顶戴，
当为黎庶解烦忧。

吃喝之风难刹

（1992年）

御膳天厨胃不开，
蚁虫蛇蝎宴席来。
一餐百姓十家饭，
堵嘴真如登月回。

今注：公款吃喝之风自20世纪80年代以来愈演愈烈。各级发文，也抓了一些典型，但收效不大。党的十八大以后，严格执行八项规定，常抓不懈，多年顽疾终被去除。

报载某地上级检查又搞专场舞会

（1993年）

饮要甘脂食要鲜，
如花美女舞蹁跹。
须知一夜风流费，
百姓衣粮度两年。

东平一饭

（1990年）

守令殷勤相苦留，
杂陈水陆错珍酬。
闻言两月支无俸，
举箸难平泪已流。

题邢少臣先生《荷塘十月气更壮》①

枯荷败叶叹残黄，
茎刺戟张傲雪霜。
不与秋风争一季，
来年清气满池塘。

①邢少臣，著名画家。

明清山东人物赞（十九首）

1991年参编《齐鲁闻人》一书，余负责撰述其中明清人物数十人。

昌邑黄福[1]（新声韵）

身事六朝称简廉，
镇抚交趾十九年。
象南草木念君德[2]，
功盖伏波汉马援。

①黄福，山东昌邑人，明初名臣。安南属明时期，黄福为交趾首任承宣布政使兼按察使，治理交趾，颇有贤声。
②象南，指交趾。

菏泽马新贻[1]

致身曾幕显才力，
号令如山执帅旗。
博浪椎迷箭道外，
汶祥刺马百年疑。

①马新贻，山东菏泽人，清道光二十七年（1847）进士。历任浙江巡抚、两江总督，参与平定太平天国起义。同治九年（1883）七月二十六日，在校阅部伍后返回署衙时为捻军张汶祥刺杀。

莱阳左懋第[①]

君恨亲仇故国残，
议和使北燕门寒。
英魂且共文山去，
忠气一腔化血丹。

①左懋第，山东莱阳人，明崇祯四年（1631）进士，任韩城县令。崇祯十六年（1643）出巡长江防务。南明建立，奉旨以兵部右侍郎出使与清议和。面对清廷劝降，坚贞不屈，顺治三年（1646）就义于菜市口。

诸城刘统勋[①]

老成持重率群臣，
两主秋闱教圣身。
入值中枢勋业著，
乾隆辅弼首斯人。

①刘统勋，山东诸城人，清雍正三年（1725）进士。历任刑、工、吏部尚书，内阁大学士，军机大臣。清廉正直，敢于直谏，在吏治、军事、治河方面卓有建树，为清代名臣。

诸城刘墉[1]

平冤折狱称廉明，
擢作盐梅返帝京[2]。
计污和珅貂宝带[3]，
珍馐易字一杯羹[4]。

①刘墉，山东诸城人，刘统勋之子，清乾隆十六年（1751）进士，清代名臣。民间流传有很多关于他的故事。
②盐梅，指监察御史。
③刘墉经常戏弄和珅，一天上朝，雨后泥泞，刘墉遇和珅于道上，下轿便拜，和珅连忙下拜还礼，新穿的貂皮大裘被弄得沾满泥泞。
④刘墉是名重当时的大书法家，有同僚经常命家人给刘墉送饭菜，刘墉每次均写信作答，因此收集了刘墉不少的作品。

袁化中周朝瑞[1]

东林初殉六君子，
齐鲁双清袁与周。
鼎镬等闲存浩气，
名随杨左史长留[2]。

①袁化中、周朝瑞，明熹宗朝“东林六君子”之重要人物。袁化中，山东惠民人，万历三十五年（1607）进士，官监察御史。周朝瑞，山东临清人，万历三十五年进士，官六科给事中。袁周二人与杨涟、左光斗等人因反对魏忠贤乱政而被冤杀。
②杨左，即杨涟、左光斗。明末著名清流东林党人。

滨州杜受田①

翩翩年少会元郎，
巧事咸丰帝梦尝。
体国公忠身以殉，
凌烟图绘比裴房②。

①杜受田，山东滨州人。清道光三年（1823）会试第一。历任山西学政，左都御史，工部、吏部、刑部、礼部尚书，协办大学士，曾任咸丰帝奕詝的师傅。传道光帝尚未立太子时，春天带诸皇子狩猎，杜受田叮嘱奕詝不要射猎。道光帝询问其由，奕詝说："春天正是小兽生长之时，不忍猎杀。"道光帝认为奕詝仁慈，有人君之心，故立其为太子，即后来的咸丰帝。
②裴房，即唐初名相裴寂、房玄龄。

莱州毛纪①

简重勤廉倚老成，
太平宰相领公卿。
力调大礼持清议②，
寿望米茶沐恩荣③。

①毛纪，山东莱州人，明成化二十一年（1485）进士，明朝重臣。曾任吏部尚书、东阁大学士。
②大礼，即"大礼议"。嘉靖皇帝以地方藩王入登大宝，欲追尊生父为兴献帝。群臣秉礼反对，嘉靖皇帝大怒，杖杀了许多官员。毛纪从中调和，保护了部分大臣。
③毛纪享年八十二岁。民间称八十八岁为米寿，一百零八岁为茶寿。

莱州李森先①

生性清忠复敢言，
汝州均赋解民悬②。
阊门杖毙王紫稼③，
御史风裁警劣顽。

①李森先，山东莱州人，明崇祯十三年（1640）进士。仕清为御史，铁面无私，刚劲耿直，搏击豪强，兴利除弊，时称“御史第一人”。
②李森先曾出巡河南，在汝州统一丈地用弓，使农民田赋更加平均。
③李森先巡抚江南时，在苏州杖杀游于权要之间关说公事、受贿巨万的名优王紫稼，因而获罪。

定陶曹邦辅①

败寇柘林和太湖②，
总督辽蓟旧风除。
公忠廉峻小人忌，
起解吴民泪满途③。

①曹邦辅，山东定陶人，明嘉靖十一年（1532）进士，历任兵部侍郎、南京户部尚书等职，抗倭名将。
②曹邦辅任右佥都御史，巡抚应天时，亲披甲胄，破倭于柘林、太湖，七战七捷。
③曹邦辅耿直廉洁，得罪宵小，被罢官逮捕。起解之日，吴中登船，挥去所余俸金，民众相送，络绎于途。

文登徐士林①

清廉时誉赞斯人，
善牧江南爱子民。
布褐蔬粮叹不给，
贫难归葬叹忠臣②。

①徐士林，山东文登人，清康熙五十二年（1713）进士，历官安庆知府、江苏巡抚。立身端方，治狱如神。

②徐士林一生清廉，家人生活困难，病逝于任上，几至不能归葬。

淄川毕自严①

大厦将倾全力扶，
殚心竭虑费经图。
烈皇天下十余载，
功业昭昭不可无。

①毕自严，山东淄川人，明万历二十年（1592）进士。明末任户部尚书，掌管全国财政长达十年，功在社稷。

单县秦竑[1]

文臣拜将领标骑，
平盗岭南规划奇。
总制三边西北固，
孛来不入花马池[2]。

①秦竑，山东单县人，明景泰二年（1451）进士。历官知县、知州，山西巡抚、左副都御史，总督两广军务，总制三边军务。性格刚直，文武兼备，为一代能臣。

②秦竑以七十六岁高龄总制三边，镇守边疆，使蒙古孛来部再也不敢侵犯西北。花马池位于陕北盐池县，乃明朝防守蒙古人的重镇。

邹平马骕[1]

灵璧抚民七品官，
仕途多蹇史名贤。
学人盛誉马三代，
《绎史》煌煌百世传。

①马骕，山东邹平人，清顺治十六年（1659）进士。任职淮安等地方，卒于灵璧知县任上。学问淹博，勤于治史，尤精于夏、商、周历史，人称“马三代”，著有《绎史》《左传事纬》等。

临清左良玉[①]

陈兵荆汉树云旌，
屏障南都倚干城。
樯橹烟消江左乱，
三军缟素列千营。

①左良玉，山东临清人，明崇祯年间官至平贼将军，封南宁伯。南明建立，晋为侯，镇守武昌。清顺治二年（1645）从武昌起兵，以清君侧为名，进军南京，病逝于途。

新城王士祯[①]

横扫侈靡重性灵，
骚坛独步动公卿。
清家诗苑百花盛，
风气君开一代英。

①王士祯，山东新城（今桓台）人，清顺治十五年（1658）进士，官至刑部尚书，有政声。清初杰出诗人、文学家，诗论创“神韵”之说，对后世影响深远。

历城李攀龙①

文推秦汉重诗唐，
气压阁台情帜张。
领袖风流称七子，
宗工巨匠大名扬。

①李攀龙，山东历城人，明代著名文学家，为明“后七子”领袖。文重复古，诗崇盛唐，主张性灵，动摇了当时文坛台阁体的一统地位。主盟文坛二十余年，影响及于清初。

冠县武训①

奇丐大名遍宇内，
乞讨办学躬身行。
一生寻梦千秋业，
西鲁穷乡弦诵声。

①武训，山东冠县人，中国近代民间办学的先驱者。家贫行乞三十八年，建设三处义学，被誉为“千古奇丐”。

汶上白英[1]

南粮北挽苦胶浅，
汶水东来济运船。
南旺流分三七去，
漕河安畅万帆联。

①白英，山东汶上人，明初著名农民水利家。他熟悉运河济梁段地势水情，佐明初大臣宋礼治河，提出汶河分水于运河最高点南旺，使汶河水七分朝天子、三分下江南，解决了本段运河水枯问题。后被封为“功漕神”，建祠于南旺。

看于希宁先生画梅[1]

孤山傲雪暗香闻，
放鹤亭边梅下人。
和靖高风竹瑟瑟[2]，
老枝点染报新春。

①于希宁，曾任山东艺术学院名誉院长，著名画家。
②和靖，即林逋。北宋人，酷爱梅花，隐居于孤山。

呈玉圃先生①

画翁更著以诗名，
索句泉山禅意清。
竹杖芒鞋天地外，
白云起处是蓬瀛。

①陈玉圃先生，当代国画大师、著名诗人。

附：陈玉圃先生答诗

半生诗画愧浮名，
世法原知一羽轻。
安得此心如皓月，
遍照洹沙白玉京。

和玉圃先生

文峰锦绣海南春，
心似长天雨洗尘。
三教同归缘守净，
明台岂用再沾巾。

附：陈玉圃先生《朝道家南宗文峰山道场》

玉蟾宫殿海南春，
文笔峰幽雨洗尘。
举步天街寻胜迹，
道情一唱泪沾巾。

赠锡钢同志[1]

不循古法但横行，
自有云雷笔底生。
汉简风流秦隶韵，
书坛异出亦为英。

①刘锡钢，著名书法家。

题增祥兄画瓜[1]

（1987年）

何物悬悬吊苇笆，
竹疏树老缀黄花。
依稀风起绽秋意，
扶醉紫藤看硕瓜。

①王增祥，山东鱼台人，中学同学，著名国画家。

题增祥兄画山水

谁家山水清如许，
浩渺烟波绿我衣。
只合此身林下卧，
轻风明月入新帏。

题艾平画[①]

墨气淋漓晦且明，
断枝烂叶混沌生。
画家自有寄情处，
一片伤心写不成。

①朱艾平，著名画家，好友。

贺张宏宾先生画展

扶桑东渡又加州，
艺汇中西勤索求。
重彩门开传一脉，
名播画苑自风流。

题学明画童子①

心中有爱画多情，
笔下童翁妙趣生。
廿载春秋挚友在，
含饴弄孙羡学明。

①李学明，山东工艺美术学院教授，著名画家。

题丰光画樨草①

梦系魂牵是故乡，
儿时旧景最情长。
秋风起处雁行远，
马踏湖边樨草黄。

①宋丰光，山东师范大学教授，著名画家。

题锦平画女童[1]

陌上春晖日影迟，
远山漠漠乱花垂。
风吹绿柳拂桃面，
戏逐纸鸢天际追。

①张锦平，山东师范大学教授，著名画家。

席上酬青砚刘宏伉俪[1]

少小琴城两莫猜，
留俄取得宝经来。
艺坛双璧称齐鲁，
春色满园桃李栽。

①刘青砚与刘宏为夫妻，二人均为著名油画家，山东师范大学教授。

题文博画紫藤①

枯木虬枝布局新，
繁华满纸见精神。
老梁高卧紫藤下，
看尽莺啼花乱频。

①梁文博，山东艺术学院教授，著名画家。

题洪刚画罗汉①

阅尽人间善与丑，
轮回因果又何殊。
画家妙手有深意，
一念之诚便佛图。

①卢洪刚，山东工艺美术学院教授，著名画家。

席上呈张望①

求新求变路无穷，
水墨淋漓幻化空。
艺术中西无国界，
争言吃象卢浮宫。

①张望，山东美术家协会主席，山东省美术馆馆长，著名画家。2015年在法国举办“吃象”现代水墨作品展。

题刘罡山水图①

谁家清俊少年郎，
湖色山光笔底藏。
烟起草桥迷落雁，
遥闻新酒鳜鱼香。

①刘罡，山水画家，好友。

席上呈鲁生①

专注民俗民艺融，
百花绽放满园红。
当年沪上世博会，
建馆山东亦杰雄。

①潘鲁生，山东工艺美术学院院长，著名画家。曾主持上海世博会山东馆的艺术设计。

寄守谷①

返朴归真弃旧途，
溪村精舍课新徒。
闭关悟道心澄净，
云起蒙山隐草芜。

①燕守谷，著名书法篆刻家。建溪村精舍于蒙山，读书课徒。

酬梦石[1]

思接汉秦天苦磨，
奏刀石上起龙蛇。
丹青笔下存雅意，
海岱青青望大河。

①潘梦石，著名篆刻家、书法家、画家。

题朝晖山水图[1]

笔墨从来承道统，
水山青绿见真功。
他年画苑群雄榜，
当有朝晖一点红。

①常朝晖，著名山水画家。

席上呈新光[1]

故土难离心与身，
残墙乱树最伤神。
乡关万里愁何系，
茅舍犹存便有春。

①贾新光，著名画家。

赠其凤[1]

勤苦学书追梦恒，
乡贤巨著呕心成。
江南娟秀融齐韵，
求变能称一代英。

①张其凤，南京航空航天大学教授，著名书法家。编有《中国书法全集·刘墉卷》。

题画诗两首

其一

乐哉不乐谁人识，
只有庄生明我心。
何日顺流归大海，
吞云吐雾化龙吟。

其二

昨日银鳞对对游，
今朝贪饵咬金钩。
龙门一跌成春梦，
菊酒蟹虾惜共俦。

论诗（五首）

其一

艺门未可轻言诗，
泰岱峣峣寸土基。
试问眉颦髯落客，
苏黄李杜怎能期。

其二

诗人最重在由衷，
无病呻吟假又空。
安得渔洋三五子，
虚浮尽扫树新风。

其三

誓不欺心做正人，
意随言出必纯真。
诗词最是多情物，
矫语虚容莫进门。

其四

何曾索句觅穷肠，
事动于心成玉章。
诗贵情真听夜雨，
腹存浩气看沧桑。

其五

诗词旧体谱华章，
变彼不宜言彼长。
格律从严吟有韵，
四声八病且松缰。

《山东文献集成》第一辑首发①

（2006年）

甲骨竹帛薪火传，
乡邦文献重如天。
蒐珠集玉搜文海，
今庆功成告众贤。

①《山东文献集成》系列丛书为山东省重点文化工程，山东大学担纲主编，收集山东乡邦文献未刊者百种，余担任副主编。

《山东通史》十三卷本首发①

（2010年）

三年黄卷细搜求，
新史编成壮志酬。
文库广开多领域，
重收笔墨再从头。

①《山东通史》为山东地方史文库之一种，山东师范大学担纲，余担任副主编。

访问省老干部诗词学会
兼和张延龙诗丈

（2018年）

诗坛耆宿阵排开，
海岱文传一脉来。
万紫千红满园秀，
辉煌再造响春雷。

附：张延龙先生赠诗

阳春三月百花开，
和暖东风扑面来。
正是人间好风景，
遥看海岱势如雷。

海湾战争杂诗（五首）

（1990年）

其一

纽约连天开大会，
美英法日话同声。
森森杀气海湾乱，
八国联军刀剑鸣。

其二

裁制无功动武征，
沙漠风暴卷巴城。
美军突进伊军乱，
十万精兵捣虏营。

其三

敌来王子亦从戎[1]，
独率残军守禁宫。
弹尽成仁忠血碧，
皇家也有大英雄。

①科威特法赫德亲王在伊拉克军队侵入皇宫的情况下，亲率卫队拼死抵抗，直至战死。

其四

海湾战罢议和开，
七国君王赴会来。
和战折冲千万变，
石油强控建新台。

其五

吞并科城美梦灰，
楼兰自困白龙堆。
埋伏八面衣粮尽，
库尔德人乱北隈。

访美纪程（九首）

（1993年）

西雅图印象

四季花城皆是春，
誉享世界有波音。
航天高塔朝苍海，
积雪奥山连白云[1]。

①奥山，指奥林匹亚山，终年积雪。

Skait山区自然保护区

万壑森森鹫叫哀，
成云蜃气涧中来。
沉沉积雪连青黛，
遥见平湖一镜开。

联合国大厦

和平正义费维持，
门外飘扬万国旗。
闻道原南仇杀重，
可曾比利系心悲[1]。

①比利，时任联合国秘书长。

闻大卫邪教事件解决[1]

自由社会夸文明，
底事精神虚自生。
两月合围大卫教，
忽闻惨案动心旌。

①余于4月18日离美。19日，美国解决围困两月的“大卫派”考雷什据点，造成八十余人死亡。

费城独立宫①

宣言一纸此楼传，
独立迎来美利坚。
建国开基图富盛，
星条旗展换新天。

①费城独立宫，美国《独立宣言》签署地点。

林肯纪念堂

黑人解放赖林公，
南北硝烟笔底风。
一世英雄千世业，
威风凛凛仰如嵩。

大西洋城

滨海芦荻荒草川，
高楼遥望入云天。
金倾银泻声如浪，
不夜赌城谁梦圆。

旧金山唐人街

过海漂洋逐梦寒，
华工离土返乡难。
功开西部铭青史，
华埠画楼星月残。

洛杉矶好莱坞大街

要论风光数影星，
好莱坞道有新馨。
雪泥鸿爪儿时梦，
有客清晨觅旧伶。

访韩日（七首）

（2000年）

昌德宫[①]

青砖碧瓦皇居地，
背靠北山龙脉分。
饲马日兵留秽恶，
千年王气化烟云。

①昌德宫为李朝皇宫，日据时期曾被用作马厩。

济州岛

天遗宝地安韩国，
似翠如琼卧碧波。
道是蓬莱仙境美，
总输济岛汉拿峨[①]。

①古史记载，东海之中有三仙山，即蓬莱、方丈、瀛洲。秦始皇派徐福寻长生不老药，经济州岛。汉拿山为济州岛最高峰，经年积雪。

济州岛怀古

当年元舰蔽云来，
誓灭扶桑渡海隈。
怎奈大汗天数尽，
羽林十万几人回。

访东京皇居[①]

削藩平乱誓维新，
江户旧朝求自存。
汗简当书功与过，
皇居隐隐柏鳞鳞。

①东京皇宫，日本人称之为皇居。

访和歌山

山口和歌两友州，
交流互访逐年稠。
一衣带水同携进，
花好月圆传万秋。

访下关市

遥对中韩看下关，
九州四国一桥牵。
战云终罢和平见，
万橹千帆尽往还。

遥望赤间神庙①

神庙赤间齐目遥，
马关签约恨难消。
合肥泣血台澎弃②，
恨不龙泉斩社妖。

①下关市赤间神宫乃《马关条约》签订处。
②合肥，指李鸿章，合肥人。

访马来西亚、印度尼西亚、泰国（八首）

（2002年）

参观济钢关丹钢厂

关丹建厂起新城，
海外济钢规划宏。
多少苦辛皆得慰，
马华合作庆功成。

马来西亚晤郭鹤年先生

当年卖米千般苦，
事业如今遍五洲。
细语平心谈往事，
打拼诚信两相俦。

巴厘岛中秋之夜[①]

时至中秋月正明，
南天北望动乡情。
椰蕉摇曳婆娑舞，
坐赏歌声伴海声。

①到达巴厘岛次日，正值中秋。晚间苍天一碧，万里如洗。宾馆观看歌舞表演，遥想故乡月明。

会晤侨领黄双安先生

忠信人称呼保义，
折冲商海有传奇。
曾荫群乞知回报，
爱国侨商一面旗。

雅加达道上

名城美誉人人夸，
九月蕉风满市花。
遍访侨商谈大计，
印尼齐鲁渡仙槎。

参观泰国皇家寺庙

人赞泰皇楼阙美，
煌煌金顶照苍穹。
神光绕殿檀香动，
踏过天门又一宫。

会晤谢国民先生

正大声名四海传，
先生娓娓说艰难。
倾情待我排家宴，
伤手常疼屡忘餐[①]。

①正大总裁谢国民先生设家宴招待代表团全体。余手为车门所伤，疼痛难忍，美味亦不知何味矣。

布吉岛

布吉小岛醉仙蓬，
异卉奇花满目葱。
十里沙滩游客醉，
恍然世外见陶翁。

温哥华（新声韵）

（2004年）

地近冰极气不寒，
花开四季艳阳天。
移民趋利如江鲫，
人赞大温如岭南[1]。

①大温，即温哥华，华侨称之为大温。

冰岛间歇泉

（2004年）

万年积雪遮阴火，
野不生毛地热多。
最是间歇泉怒涌，
白龙一跃破天罗。

伦敦塔远眺

（2005年）

伦敦塔峻遥遥立，
泰晤士河安静流。
无尽繁华入望眼，
依稀骑鹤下扬州。

巴黎凯旋门

（2006年）

国旗半挂凯旋门，
军号低鸣细雨浑。
最是断肠秋色暮，
香街黄叶老兵魂。

利马

（2006年）

飞来戈壁夸名邑，
无雨经年世界奇。
低矮民房皆破顶，
只为避税没完期。

圭亚那机场迎接巴西总统卢拉先生

（2006年）

夜半飞临圭亚那，
三军仪仗列金瓜。
巴西总统从天降，
明日新桥共剪花。

与查韦斯总统共乘空军一号返加拉加斯（新声韵）

（2006年）

空军一号来还去，
一夜数惊难暖席。
总统安排皆有意，
共商友好话深谊。

智利总统府①

（2006年）

当年鏖战历风云，
总统府墙留弹痕。
左右纷争流碧血，
好图发展重生民。

①智利总统府乃1973年阿连德总统战死之地。

肯尼亚野生动物保护区看火烈鸟

（2006年）

长天如洗水波平，
忽有红云湖上生。
万羽引吭声沸沸，
一飞蔽日火橙橙。

埃及帝王谷

（2006年）

荒山似火热难挨，
谁信雄王此处埋。
疑是时空生变换，
恍如法老又重来。

尼罗河上（新声韵）

（2006年）

五千岁月看星移，
泛滥尼罗育埃及。
今夜买舟河上宴，
笛声激越鼓声迷。

卢克索神庙

（2006年）

暮色如金罩旧宫，
庙堂高耸夕阳红。
谁人识得真身面，
宝像庄严不语中。

匈牙利国会大厦前

（2006年）

战车滚滚起征尘，
国会墙头留弹痕。
借问纳吉何所在，
是非功过后人论。

多瑙河上

（2006年）

最是销魂多瑙水，
布达柔美佩斯娇。
泛舟河上琴声起，
蓝色波平一梦遥。

世界风云杂诗（九首）

巴以和平协定签字

巴以两仇征战息，
寰球注目正今时。
和平一纸千钧重，
诸国回朝且班师。

波黑战争

豆剖瓜分战不休，
调停诸国事难收。
昔年繁盛成烟梦，
百姓流离何是头。

卢旺达种族屠杀

血雨腥风卢旺达，
族群仇恨杀如麻。
图西刀俎胡图肉，
百万难民何处家。

东欧剧变

东欧状况近如何，
列国更旗苦难多。
七十三年革命史[①]，
万千雄鬼唱悲歌。

①指俄国“十月革命”已过去七十三年。

闻叶利钦就任俄罗斯联邦总统

振臂一呼山海惊，
今登大宝树王旌。
三分天下居其二，
戈老原来好弟兄[①]。

①戈老，指戈尔巴乔夫。

新千年忽闻叶利钦辞职

千年辞旧响新钟，
紫宿沉沉移帝封。
叶氏功成惊禅退，
雪光清洌照俄宫。

长崎钟声

沉沉钟响撼长崎，
核爆惊天夺命时。
千万亡魂呼罢战，
和平难得再长思。

闻萨达姆被捕

蓬头垢面失真容，
龙困沙滩已化虫。
国破家亡身瘐系，
和平再造待新工。

2006年12月30日，萨达姆被处绞刑

一代枭雄今已矣，
中东战乱止何时。
逊尼什叶如冰火，
遍插两河英美旗。

访澳大利亚、南非（五首）

（2010年）

赠南澳州总督凯文先生

廿四友情结果新，
交流互利喜迎春。
华园夜宴杯频举，
共祝安荣两省人。

中秋与随访企业家共度

南澳商机多他日，
宏图大展正其时。
冰轮一转中秋月，
异国团圆歌有诗。

访珀斯

再飞西澳到珀斯，
矿产之州天下知。
五项约签新合议，
拓宽协作抢先机。

桌山植物园欢迎宴会①

桌山之麓盛筵开，
六省友朋如约来。
求同存异携手进，
奇花嘉卉一园栽。

①2010年9月底，六省州友好峰会在南非西开普省召开。西开普省省长在桌山主持欢迎宴会。

再访好望角

上次来时风雨骤，
今回烈日热汹汹。
大西印度两洋汇，
扑面长风荡我胸。

过迪拜（二首）

（2010年）

哈里发大厦

八百米高哈里发，
七星服务危帆斜。
琼楼壮美夸奇艳，
绿树全城绽异花。

棕榈岛

神奇创意称天才，
海上波斯榈树栽。
水静沙明天界外，
朱门能为几人开。

访俄、捷、土三国（七首）

（2015年）

题叶卡捷琳堡滴血教堂[1]

末代沙皇殉命地，
犹闻风过血花腥。
金穹辉映红云起，
共祷和平听圣经。

①2015年7月，率团赴叶卡捷琳堡参加俄罗斯创新工业展。“十月革命”后，末代沙皇尼古拉二世被囚于滴血教堂，后全家被枪决于教堂地下室中。

叶卡风光

草木不修车不洗，
老房老路老夫妻[1]。
忽闻有轨公交过，
城上依稀看旧题。

①叶卡捷琳堡为俄罗斯重要工业城市，现基础设施比较陈旧，楼房以20世纪70年代所建居多。城区绿化较差，草木杂乱，俗不洗车，新车亦布满灰尘，益显脏乱。

克里姆林宫红墙外无名烈士墓前

孤魂莫再苦彷徨，
战友忠诚守墓旁。
老母倚门儿不在，
千秋功业耀红墙。

瞻仰列宁墓

十月枪声已百年，
潮平潮起对谁传。
红场寂寞听风雨，
东望朝霞尚满天。

布拉格广场

千塔之城如梦中，
沧桑古堡秀姿容。
天留此美从民志，
闲坐广场听晚钟。

伊斯坦布尔

一国双连欧亚境，
多宗多族异文明。
天遗圣迹索菲亚[①]，
直教人间莫战争。

①索菲亚大教堂，原为天主教堂，后曾一度变为清真寺，似向世人述说土耳其民族和宗教的变迁，现作为博物馆对外开放。

博斯普鲁斯海峡远眺

天设一峡分两城，
故都千载照丹青。
旧宫远望新宫美，
经诵声长和浪声。

访欧纪程（六首）

（2016年）

访塞尔维亚中国文化中心工地[①]

炸馆当年愤不休，
喜看旧址起新楼。
已非霸主横行日，
友好塞中同济舟。

①2016年6月，率山东文化代表团访问塞尔维亚，并前往中国驻南使馆旧址，此地正在建设的中国文化中心由山东高速集团承建。

瞻仰铁托墓

铁骨铁肩属铁托，
直言谔谔反留苗[①]。
国情各异途宜异，
恰似白猫比黑猫。

①二战后，社会主义阵营以苏联为老大哥，要求各国共产党在路线上跟从苏联。只有南斯拉夫领导人铁托敢于直言，提倡各国根据国情建设社会主义。谔谔，意为直言、实言。《史记·商君列传》：“千人之诺诺，不如一士之谔谔。武王谔谔以昌，殷纣墨墨以亡。”

叹波兰[1]

东楚西秦叹苦撑，
虎狼环伺只牺牲。
百年多少伤心事，
浴火兴邦欣又生。

①近百年来，波兰处于两强夹缝中，屡受欺凌，苦难重重。喜见华沙从二战废墟中修复并成为欧洲名城，社会亦不断发展进步。

访奥斯维辛大屠杀纪念馆

心摧胆裂走三魂，
百万生灵化土尘。
悲剧世间明教训，
奥营血泪警来人。

再访苏格兰①

十年故地又重游，
苏鲁经文两汇流。
辛苦栽培花万树，
满园硕果压枝头。

①2005年末，山东与苏格兰建立省际友好关系，打开了经济文化交流的大门。2016年再访苏格兰，双方交流密切，人员来往频繁，两省文化交流项目进展顺利，增进了双方的相互了解和友谊。

谒马克思墓

唤起农工赖伟文，
全球两极尚纷纭。
祖陵萧瑟丰碑在，
信有大同安乃魂。

赫尔辛基城

（2004年）

冻云低挂朔天开，
残雪重重寒气来。
街市辉煌迎圣诞，
银花火树照琼台。

闻拉登被美军击毙

（2014年）

坼堠连烽君命传，
鱼肠剑出须臾穿①。
十年仇报难脱困，
遥见黑旗迎阵悬②。

①鱼肠剑，《史记・刺客列传》载：专诸纳剑于鱼腹，进吴王僚，趁其不备，突然抽出宝剑将其刺死。这里比喻美军海豹突击队击毙拉登动作迅速。
②黑旗，ISIS极端组织“国旗”。

朴槿惠被弹劾下台

（2017年）

以身许国又何之，
锦绣江山空泪垂。
秣马厉兵韩岛乱[①]，
周家天子一盘棋。

①此句谓美国陈兵朝鲜海域，韩国慌乱应对朝鲜核武，半岛已成乱局。

板门店韩朝峰会

（2018年）

金文一步不同天，
世界屏息看两韩。
兄弟恩仇期化尽，
三千锦绣好江山。

第三卷 七律

河西怀古

（1985年）

一出祁连望黑山，
长安西域梦魂间。
甘凉自古建功地，
画角凄清大纛寒。
万里深闺人不寐，
黄沙白骨草衰残。
烽烟已靖戍台在，
冷月如钩过玉关。

乌鲁木齐遇雪①

（1986年）

塞外入秋衣正薄，
乌城飞雪撼山阿。
败鳞片片卷琼殿，
残甲沉沉断玉柯。
走马嘶鸣风怒号，
行人惊走步难挪。
寒侵短褐真奇遇，
且避檐前待暖蓑。

①1986年9月3日在乌鲁木齐忽遇大雪，时值九月，身着短衣，尤觉寒冷。

到河口

（1990年）

黄河之水来天上，
沃土年增三万多[①]。
草长似云连海尽，
蚊飞如虎蔽山阿。
良田新垦翻菽浪，
石化旧城转高科[②]。
规划蓝图前景好，
荒原巨变聚金窝。

①黄河携带泥沙在河口地区沉淀，每年淤积约三万亩地。
②黄河三角洲为胜利油田所在地，石化产业发达，近年来也大力发展高科技产业。

长白路上

（1993年）

不咸愈近愈葱茏[1]，
气压昆仑山势雄。
乱树丛丛深壑满，
野花片片涧中红。
鹰飞绝壁展双翼，
犬吠三家又一冲。
才叹桃源离世远，
前村忽见酒旗风。

①不咸，即长白山。

长白山天池

（1993年）

长白茫茫浓雾封，
云开神海现真容。
天荒地老留焦壁，
野火升腾焚峭峰。
山耸千寻连碧落，
潭深万丈隐蛟龙。
名山钟秀难谋面，
蜃气突生迷目濛。

土字碑①

（1993年）

前哨极东排第一，
绝边来觅土字碑②。
防川边镇朝俄对，
三国鸡鸣旧界篱。
目断故疆悲积弱，
心连四海恃强师。
百年滚滚图们水，
难洗耻羞长忆思。

①土字碑为光绪十二年（1886）立，中国与俄、朝之界也。图们江自此以下十五公里流入日本海。此处有小村名防川，有朝鲜族村民二十余户。

②清末，沙俄割占中国黑龙江至图们江口四十万平方公里土地。从土字碑到图们江入日本海之口有十五公里，并非中国所有。清臣吴大澂据理力争，方取得从图们江入日本海航行权。

广州农讲所

（1994年）

坊峙三间两树榕，
当年火种照天红。
苦求润之展宏道①，
困斗孙文寻路通②。
农讲星光辉宇内，
永新夜熠亮苍穹③。
千秋伟业源头在，
改地换天收大功。

①润之，即毛泽东。当年曾主持农民运动讲习所。

②孙文，即孙中山。他确立了国民党“联俄、联共、扶助农工”三大政策，促成第一次国共合作。

③永新夜熠，指秋收起义后毛泽东在永新三湾对起义部队进行改编，进军井冈山，创建根据地。

深圳印象

（1994年）

僻在南疆属宝安，
河分楚汉两重天。
排云广厦连新界，
似水车流过旧关。
山绿椰林披晚露，
灯红大道映晨烟。
三年一瞬新天地[①]，
改革图强万马先。

①三年，指邓小平同志发表南方谈话之后的三年。

水仙

（1995年）

娇姿映雪吐芳胎，
疑是寒梅月下开。
碧水一杯成冰节，
碎琼数粒细根栽。
亭亭翠茎冬寒去，
怯怯黄花春报来。
自有清香迎远客，
为君装点宴歌台。

三亚

（1995年）

椰椰漫山异果稠，
天涯归雁古崖州。
波平南海浮双玳[①]，
风动生毛鹿回头[②]。
战舰榆林屏虎帐，
旌旗百岛隐貔貅。
水南莫叹山河破[③]，
大美珠琼不胜收。

①“波浮双玳”为三亚一道胜景。

②鹿回头在生毛洲。

③南宋抗金宰相赵鼎被贬置崖州（今三亚）水南村，绝食而死，死前自书铭旌曰：“身骑箕尾归天上，气作山河壮本朝。”

青州状元赵秉忠殿试卷被盗而复得①

（1997年）

荣冠琼林动庙堂，
御前亲点状元郎。
忠言熟虑千秋业，
宝卷密收万代藏。
才羡遗珠出沧海，
又惊丑类卧高梁。
读来正气充天地，
山左雄文一脉长。

①青州明代状元赵秉忠殿试卷为国家一级文物。1991年为博物馆工作人员盗取，不久便破案追回。

谒微山岛张良墓[1]

（1998年）

碧水无风似镜平，
断碑残照绿波中。
曾师圯上受天册[2]，
力佐刘邦定一躬。
壮士封侯从虎豹，
功臣鸟尽碎良弓。
人言故老张良事，
明灭夕阳乱仲翁。

①张良墓，在微山岛上，有祠。
②圯上，即圯上老人黄石公，授张良《太公兵法》，使其佐汉高祖定天下。

沛县歌风台题壁

（1988年）

丰沛古来龙潜地，
骊山西狩雾苍苍。
泗亭繁役仇秦暴[①]，
大泽斩蛇反砀芒[②]。
逐鹿中原伐无道，
长围垓下死项王[③]。
高歌一曲大风起，
自有英雄守四方。

①刘邦起义前曾为泗水亭长。
②砀芒，即芒砀山，刘邦起义之地。
③垓下决战，项羽自刎，刘邦建汉。

莱州湾放苗[①]

（2008年）

莱州湾里碧波笼，
结彩轻舟一字鸿。
夏至休渔千网锢，
春来苗放万吨丰。
鱼儿戏水随流下，
虾仔跳腾入鳌宫。
海上岸边声沸沸，
欢欣锣鼓舞狮龙。

①近几年政府推行夏季休渔政策，并在渤海湾人工放流鱼、虾、蟹类幼苗，使渤海渔业恢复生机。

汶川大地震

（2008年）

山崩水断鬼神悚，
十万生灵一瞬枯。
天地同悲三世劫，
人间大爱八方扶。
才将舐血疗伤痛，
犹有奇谈取自诛。
怎得文殊杨柳叶，
尽挥甘露救民苏。

六月于北川废城

（2008年）

共工一怒不周折，
西北天倾地亦涂。
石解山崩摧峭壁，
水湍河沮出深嵎。
城头怅望千家破，
碑下静听万鬼呜[①]。
欲问生民又何罪，
苍天无语任余呼。

①地震使北川县城成为一片废墟，城中立有死难者纪念碑。2008年6月山东援建北川，余随团抵县城，并为死难者致哀。

回乡

（2009年）

情怯二毛难近乡，
那山那水那芦房。
依稀村口双槐绿，
梦里谷场一片黄。
垄上犹闻邻犬叫，
瓜田曾记鸟声忙。
相逢执手韶华去，
故宅风来米酒香。

曹植墓口占

（2009年）

七步诗成惊宇内，
谁人还记魏文名。
黄河似带东流去，
鱼岭如丘望鲁青。
庙破山荒枯柏在，
碑残碣断病蛩声。
昏鸦低叫依云树，
铜雀台傍邺水明。

过疏勒①

（2010年）

拓土开疆此绝关，
汉家基业守成难。
塔克拉玛风声厉，
慕士塔格雪色寒。
铁甲连营看八国，
瑟笳羯鼓遍天山。
筹边信有策长在，
共创繁荣图久安。

①2010年6月赴喀什，访疏勒、英吉沙、岳普湖、麦盖提四县。

成都访金沙遗址

（2012年）

鱼凫抑或是蚕丛[①]，
遗址金沙迷雾濛。
石栈悬云猿虎惧，
人烟不与陇秦通。
暴睛铜面三星冢，
斑烂玉琮良渚工[②]。
文化多源同一脉，
长江东望看千蓬。

①鱼凫、蚕丛为蜀中传说中上古部落。
②三星堆为商代古蜀遗址，出土的青铜面具多以突出的纵目为特点。金沙遗址稍晚于三星堆，出土过一件玉琮，为长江下游良渚玉器。

游龙洞口占[1]

（2016年）

岱阴龙洞称奇绝，
西拱城垣北望河。
洞阔千寻人至少，
山高万仞壁题多。
断碑衰草埋荒寺，
危塔残阳拜佛陀。
净地涤心尘扰远，
将军诗唱我诗和。

①2016年11月26日，与建华、建国、显宁诸友同游龙洞。建华将军作七律一首，同韵和之。

壶口瀑布

（2017年）

北注浑波万马腾，
涛声拍岸闷雷鸣。
云蒸水激千堆雪，
雾锁涧深百丈鲸。
东去黄河霖豫鲁，
西来秦岭控吴荆。
山川形胜皆看尽，
渡我仙槎入海瀛。

秦陵兵马俑坑

（2017年）

三军列阵向崤关，
四海不平君不眠[①]。
同轨同文成一统，
废封设郡欲千年。
身寻海上长生药，
肉臭沙丘遗恨天。
雾满关中王起地，
骊山莽莽有龙田。

①兵马俑坑中甲士皆为面东而立，表明秦始皇对已灭的东方六国尚不放心。

青岩古镇①

（2018年）

暮春三月百花妍，
石巷沧桑连市廛。
赵氏高科曾折桂，
周门名重世称贤。
中华文脉传千代，
洙泗弦歌满万川。
古道马铃犹未远，
八方游客赞仙缘。

①青岩古镇为黔东南茶马古道上的重要市镇，至今已有六百余年历史，为黔东南有名的历史文化之乡。赵氏、周氏为古镇大族，世代耕读传家，科举连第，冠缨不绝。

西江千户苗寨①

（2018年）

中原逐鹿一身亡，
南岭乌蒙走疠乡。
斩棘披荆生五谷，
刊山辟土建家邦。
游方跳月春光暖②，
踩鼓踏歌情意长。
千里苗疆千里秀，
祥云处处写华章。

①苗族起源于上古九黎之族，酋长为蚩尤。五千年前，黄帝大战蚩尤，蚩尤败亡。其部落先窜于三危，后向西南崇山峻岭烟瘴之地迁移，形成今日之苗族。

②游方、跳月，是苗族青年男女游春、对歌定情的风俗活动。

太甲山澄心亭记[1]

（2018年）

峣峣太甲弄阴晴，
卧虎烟云展画屏。
岱北群山凝气紫，
济南众水汇湖清。
三川锦绣春常在[2]，
四季风光幻化灵。
叹有仙槎飞羽客，
澄心涤虑恋幽亭。

①太甲山，位于山东省济南市仲宫镇。山势险要，风景优美。传商王太甲葬于山顶。
②三川，指锦绣川、锦云川、锦阳川。

题《抗清民族英雄任民育》一文后[①]

（1987年）

两度济宁领守兵，
布衣疏奏烈皇惊。
南明初立抚残府，
北骑长围守绝城。
护印朝堂流血尽，
节全古井满门英。
梅花岭上碑无字，
应有君名配相名[②]。

①《抗清民族英雄任民育》一文写于1987年，收入《孔孟之乡历史名人》一书。任民育，明末济宁人。崇祯末年，协守济宁，两拒清兵。明亡后，被南明政府任命为扬州知府，全力协助史可法守扬州。城破，被清兵杀于府衙，全家老小投井自尽。

②相，指史可法。

贺米运昌兄《泰山古今》出版①

（1991年）

君与泰山为一身，
爱山乐水只求真。
八年遍走千阶冷，
百卷书读万壑尘。
征献汗青求印证，
书成梓付论言新。
人夸岱岳风光好，
应赞辛勤守护人。

①米运昌，余大学同班同学兼同桌，毕业后分配到泰山风景区管委会工作，后任管委会副主任。守护泰山，研究泰山。写成《泰山古今》一书，对泰山历史、文化作有系统介绍。

赠友人

（1994年）

人生何态为佳境，
俯仰地天无愧心。
洙泗弦歌锥刺股，
沂蒙铎诵降甘霖[1]。
喙谗能混贤和佞，
众目明分土与金。
最是道遮离别泪，
一抛此命为民任。

①铎诵，指教化治理。

读《明史》

（1998年）

谁信荆棘没铜驼，
瑞祥频奏众生疴。
危言比干变前死①，
忠谏东林亡后磨②。
太祖凛凛方铁少③，
熹皇愦愦魏崔多④。
人云桑海曾三变，
掩卷徒呼奈若何。

①比干，商末重臣，勤力辅佐纣王，但因对纣王的残暴统治非常不满，强谏时为纣王所杀。

②东林，指明后期东林党人。敢于指斥时政，寻求吏治清明，为魏忠贤阉党镇压。

③明太祖朱元璋重刑肃贪，吏治整饬，但像方孝孺、铁铉那样的清廉忠义之臣还是凤毛麟角。

④明熹宗朱由校昏庸，太监魏忠贤勾结朝臣崔呈秀等人把持朝政，加速了明朝灭亡。

送子

（2011年）

负笈英伦三岛行，
老夫有话细叮咛。
阳光开放沟通好，
坚韧苦修事业成。
言讷敏行莫懒惰，
恕仁忠厚要宽宏。
安全健康时时记，
早日归来报国荣。

酬永红同志①

（2011年）

故园今又沐春风，
一色湖天接碧空。
衔命离京趋海岱，
建衙开府望南中。
萦心何事生民重，
唯愿朝堂谨奉公。
灯火上元神往矣，
梅开雪化乐融融。

①梅永红，曾任济宁市市长。元宵得永红诗作，试步原韵和之。

酬学隆同志

汉家衣冠易腥貂，
气尽东南帝业销。
扬子清波饮北马，
秦淮声色盛双乔。
书生空洒颈中血，
相国难抛朱紫袍。
说破兴亡谁会意，
桃花扇底看南朝。

毛泽东同志诞辰口占

（2016年）

拍遍雕栏橘子洲，
不除恶政恨难休。
竖旗井冈书生胆，
仗剑南天雄主谋。
百碎金瓯成大统，
千秋磐固自风流。
心香一瓣祭公日，
国运昌荣谁相俦。

人民大会堂全国人大会议开幕[①]

（2010年）

又是一年春色好，
舆车冠盖满京城。
十一五期厥功伟，
十二五图规划明。
热议居民收入殊，
细研社会取公平。
文明法治生和谐，
民富国强新路程。

①自2009年10月起，余奉调参加温家宝总理中央经济工作会议讲话和《政府工作报告》起草工作。3月5日全国人大会议开幕，在人民大会堂聆听总理报告。

除夕陪总理济宁过年

（2011年）

已是除夕万户笙，
喜迎总理访济宁。
麦田问旱心沉重，
水库忧天情系萦。
村野同欢新正到，
桑麻共话乐盈盈。
庭前鞭响千家乐，
饺子锅中热气澎。

观香港回归二十年阅兵

（原韵和张建华兄）

（2017年）

波平海靖巨帆悬，
米帜烟消二十年。
一国从权能两制，
五州共赞换新天。
齐心可望同繁盛，
异志妖生必祸连。
虎士三千执剑舞，
香江万众乐无前。

感事诗（三首）

（2013年）

党的十八大以来，以习近平同志为核心的党中央加大反腐力度，查处一批重大腐败案件，振奋全党全社会之心，同时加强党的思想建设、组织建设、作风建设等，使党风焕然一新，党的政治生态大为改善，拨正了党的前进方向。回想一个时期以来，用人制度存在不正之风，劣币驱逐良币，感慨良多，戏作三首。

其一

忠勤清慎又如何，
宦海浮沉感慨多。
汉将功成终饮恨，
秦臣舌巧有华车。
不贪不送职难晋，
无靠无钱必蹉跎。
尽瘁只求心少愧，
梅花十万自莺歌。

其二

忠勤清慎又如何，
逆顺穷通志不磨。
读史读经方识耻，
做人做事重知和。
奸徒得志增其罪，
君子心安益寿多。
养气浩然身体健，
且看善恶有天罗。

其三

宦海书生困苦多，
徘徊纠结意难和。
特行重道归殊类，
弃我求同必逐波。
人脉经营皆大事，
巧言令色似沉疴。
封侯自是非余愿，
独钓寒江旧雨蓑。

感事

（2015年）

善恶到头终有报，
此言我信不须评。
机关算尽已成梦，
害己害人留骂声。
鹿马谗奸摒正色，
苞苴贪贿自标清。
金银山列叹何用，
遗臭生前身后名。

杂感

（2016年）

鸦涂瓢画妄称诗，
平仄声残韵不规。
纪事直书非与是，
抒情我爱亦吾思。
唱和挚友情生暖，
杂感心艰谁又知。
万物滋萌春色好，
草堂高卧觅新词。

吊彭帅

（2016年）

平江举义著征袍，
功重凌烟战血标[①]。
立马罗霄寒虏胆，
横刀鸭水笑敌曹[②]。
匡庐呼鼓生民命，
挂甲无言忧国祧[③]。
莫叹英雄风雪路，
朗朗天宇帅星高。

①凌烟，唐初建凌烟阁，画开国二十四功臣像陈列之。
②鸭水，即鸭绿江。
③挂甲，1959年庐山会议后，彭德怀赋闲于京郊挂甲屯。

病起

（2016年）

病榻支离经半岁，
胆囊胰腺两炎顽。
秋风蓬户身为客，
残雪寒江心更闲。
早料锦官三足鼎，
奈何烛尽五丈原。
余生只向山中寄，
甲子一轮期百年。

寄宏华弟

（2016年）

楼台黯黯柳如烟，
庭院深深春夜寒。
伏案常闻鸡晓唱，
忠勤日月照双悬[①]。
长安路上土尘重，
鸣玉亭旁水碧环[②]。
打点残书八百卷，
敝衣瘦马返家山。

①杭州西湖有岳飞、于谦墓，称为“双忠墓”。抗清名将张煌言《甲辰八月辞故里》一诗中有云：“日月双悬于氏墓，乾坤半壁岳家祠。”
②雁荡山之西有鸣玉亭，下临清流，有十丈磐石为钓台，为历代士子隐居处。

忆旧游[1]

（2017年）

宦游风雨似飘萍，
执手白头思旧情。
冬拥寒衾曾共暖，
夏攀暑柳乐蝉鸣。
亲尊庐墓林皆拱，
厚德传家贤有声。
喜看儿孙无不肖，
盘蔬杯酒度安平。

①丁酉春节回乡，看望十年未见的三位表兄。皆年过七十，终生务农，抚老养幼，操劳一生。且喜儿女长大成人，孙辈绕膝，十分感慰。

和延龙诗丈

（2018年）

粗通哪敢说诗缘，
啸傲歌呼酒一坛。
块垒难浇寻断句，
黄花零落苦秋寒。
霜严雪冷催人老，
云淡风轻庆有闲。
且赋新词武陵外，
与翁同乐在桃源。

附：延龙先生《梅赞——读〈云起楼诗存〉有怀》（宽韵）

此君本自有诗缘，
雨卷风吹入庙坛。
玉色铁枝添咏趣，
凌霜傲雪愈轻寒。
东风劲处三春老，
百卉开时一梗闲。
莫叹英姿成逝影，
清流幽谷是桃源。

香港晤董建华特首

（2002年）

赫赫当年英督府，
今天高挂五星旗。
英人夜走殖民去，
特首主持新政施。
港九繁荣凭稳定，
神州发展有商机。
张灯结彩开琼宴，
共话香江振翅时。

香港访霍英东先生

（2002年）

爱国齐家典范存，
目光如炬语敦敦。
改开内地并三步，
试水广东第一村[①]。
自律坚持强体魄，
倾情慈善报长恩。
细听优势夸齐鲁，
老骥犹思千里奔。

①霍英东先生是改革开放后第一个投资内地的港商，在广东建白天鹅宾馆。

香港访李嘉诚先生

（2002年）

商海征讨统万轮，
和黄巨舰领航人。
操舟寡母千般苦，
让地葬亲仁德循。
戒诈戒贪诚立命，
崇仁崇信爱安身。
喧喧港岛成由我，
八十六楼多苦辛[①]。

①李嘉诚先生办公室在长实大厦86楼。

吉隆坡拜会马哈蒂尔总理

（2002年）

民生旗帜手中撑，
国际舞台言直声。
团结三民图稳定，
经营六岛创繁荣。
能防要道屏航路，
敢拒豪强不结盟。
犹忆访华青岛美，
相约再见鲁东行[①]。

①马哈蒂尔总理在此前一年曾访青岛，对山东印象颇好。

吉隆坡访郭鹤年先生

（2002年）

先生名满东南亚，
睿智冲和世所夸。
粮店学徒知米贵，
多元开拓展才华。
全球嘉里业多进，
香格里拉遍地花。
最是感人午饭罢，
面包沾尽盘中渣[1]。

①郭鹤年先生在宴请时，将自己分餐的饭菜吃完后，还用面包把盘中菜汁擦干净吃掉，令人十分感动。

曼谷访谢国民先生

（2002年）

南洋奋斗献平生，
泰国华商有令名。
饲料配方开异域，
果蔬科技领先行。
竖旗正大进齐鲁，
规划莲花美历城[①]。
夜宴谢公言往事，
明天布岛渡蓬瀛[②]。

①莲花，指正大集团旗下莲花超市。
②布岛，指布吉岛。

访法欢宴于丁肇中先生家

（2004年）

诺奖当年登讲席，
华文作答泪满衣。
登山有顶终能至，
探索无涯无止归。
宇宙何来缘爆炸，
幽宫对撞窥天机[1]。
举樽丁老殷殷意，
万里家山魂梦飞。

①丁肇中先生正在法国主持离子对撞项目，带众人参观位于地下的装机现场。

访委拜见查韦斯总统

（2006年）

才驾军车又战鹰，
凛然南美树旗旌。
加拉加斯称如弟，
玻利瓦尔宴卢兄①。
指点寰球评美帝，
亲临州县探民声。
回回演说刹难住，
午饭餐餐伴月明②。

①2006年山东代表团访委，查韦斯总统在首都加拉加斯总统府接见代表团一行，盛赞委内瑞拉与中国的友谊亲如兄弟。会见结束后，总统亲自驾车载代表团主要成员去机场，乘坐专机到玻利瓦尔迎接巴西总统卢拉。

②查韦斯总统口才极佳，在与山东代表团经贸项目签字仪式上，持续演说三个小时。

青岛晤见潘基文先生

（2006年）

少小读书苦路行，
辛劳国事尽心诚。
韩京两度晤谈近①，
青岛三方析旧盟。
贡献和平诚夙志，
庆成不必奏连横。
殷勤相问旧年友，
窗外潮声伴雨声。

①此前余已在韩国两次拜访潘基文先生，一次是在2000年其任韩国外交通商部副长官时，一次是在2004年其任外交通商部长官时。

听特朗普就职演说有感

（2017年）

天意冥冥民意茫，
龙飞九五衮袍黄。
前朝施政除当尽，
他国边疆起大墙。
贸战从来无两胜，
闭关难免有多伤。
此非旧主循常理，
当事绸缪细品量。

阿尔巴尼亚大批难民涌入意大利

（1991年）

昔年欧陆一灯明，
今日飘摇势苦撑。
政治自由多党化，
财源衰竭衣粮倾。
夺船出港人逃尽，
遣送驱还难度生。
百万生灵遭浩劫，
空言民主又何成。

印度前总理拉吉夫·甘地遇刺身亡[1]

（1991年）

竞选风云变乱生，
殉身总理全球惊。
三朝尽瘁依佛土，
两代悲欢举国荣。
教派纷争无止日，
族群冤报动刀兵。
葬台母子归天去，
忍看烟焰照地明。

①拉吉夫·甘地，印度总理，1991年5月21日遇刺身亡。母亲英迪拉·甘地1984年被暗杀于总理任上。

独联体举步维艰

（1992年）

不贡苞茅旧约更，
诸侯十一暂联盟。
俄罗斯抱强秦志，
乌克兰怀独立情。
故国债权多恶斗，
新朋争利梦难成。
忽闻叶氏提油价，
分手应知屈指程①。

①俄罗斯于1992年4月提高油价，独联体内部矛盾加剧。

冰岛纪游

（2004年）

谁言冰火不同盟，
此岛旖旎心魄惊。
万世积冰掩四野，
千尺地火震涛声。
蓝湖水热驱劳顿，
白雪带寒头上生。
长夜漫漫知昼短，
极光天际数残星。

金字塔下

（2006年）

世界奇观推第一，
五千岁月立斜晖。
曾言法老魂归地，
又惑外星留旧畿。
鬼斧神工无比拟，
无踪兴替谜中归。
沉吟凝望狮身像，
夕照塔尖披锦衣。

新西兰感怀

（2010年）

八千万载脱南极，
莽莽洪荒世不知。
跨海开疆毛利斧，
殖民枪竖米花旗。
长天如洗看云碧，
遍地牛羊闻牧诗。
化外桃源夸净土，
且留陶令种东篱。

西开普敦

（2010年）

非洲大陆一星明，
多族谋和求共盟。
好望角前帆万国，
桌山顶对厦千楹。
梯航港纳八方客，
古堡犹闻祖拉鸣[①]。
唯愿全非脱困厄，
同心发展更繁荣。

①祖拉，是一种较长的喇叭，南非举办各种体育比赛和大型活动时，当地人多用此助兴。

悉尼之晨

（2010年）

朝霞初照悉尼湾，
虹彩重重升紫烟。
跨海长桥龙入水，
乘风歌院正悬帆。
鹭鸥沿岸追人戏，
车马城中望众欢。
已是华商新乐土，
齐心共建好金山。

单县百狮坊[1]（古风）

（1990年）

旌节牌坊高入云，
青石透雕美奂轮。
勾心斗角画檐美，
百狮百态叹鬼神。
少时曾闻大母言，
张家豪富冠西南。
张氏守寡育儿立，
乾隆敕表贞节全。
大兴土木造牌坊，
能工巧匠斗奇妍。
十易寒暑工方竣，
石沫一钱银一钱。
功成宴上戏言生，
金价尚能再求精。

张家不甘人过己，
百匠饮恨鹤顶红[②]。
我闻此言心沉沉，
再见此坊血淋淋。

①百狮坊，位于单县县城北关。建于乾隆年间，青石雕就，鬼斧神工，为全国文物保护单位。

②据说，此牌坊修造完毕后，张家曾问工匠还能不能更精美。工匠戏言，你付的工钱是一两石沫一两银，如果付一两石沫一两金，还可以更精。张家恐怕别人超过自己，便在庆功宴上毒杀了全部工匠。

卖烟翁（古风）

（1990年）

昨日薄暮过市门，
卖烟老翁泪满巾。
手捧盈车黄金叶，
大汗淋漓双眼浑。
去岁黄烟贵如金，
种烟强过种人参。
今年县里扩计划，
县压到乡乡到村。
广播喇叭天天讲，
大会小会会会申。
完成任务受奖励，
化肥百斤油十斤。
任务不完当受罚，
亩收五十作罚金。
翁家有田整七亩，
派种黄烟六亩零。
开春地耙三五遍，
施足底肥细细耘。

一万八千营养钵，
三月手糊无晨昏。
十指酸酸两眼花，
腰肢僵僵怯倚门。
春雨一场如甘露，
烟苗青青地生金。
都道老天酬辛苦，
叶长五尺阔三尺。
老翁烟叶好，
惊动四乡人。
县长乡长都来过，
车辇陇陌尘如云。
拍照上报纸，
开会讲秘辛。
县长平起坐，
青烟冒祖坟。
转瞬秋来万物藏，
翁家收叶细细分。
二十四日烟火烤，
炕炕烟叶似黄金。
哪知平地风云来，
供大于求卖烟难。

去年求你卖，
今日孙变爷。
价格一再压，
好烟变草柴。
嗟乎老天不睁眼，
一车黄金化为泥。
终岁辛劳风吹去，
老本倒贴一千七。
十口等吃饭，
屋要复新茅。
儿要完婚配，
孙要新书包。
老幼年初盼到今，
空手如何见稚孙。
我闻翁说悲怜生，
田夫沉浮波涛中。
何以民心作官守，
黎民鼓腹歌太平。

今注：农村改革以来，种植业结构不断调整，农产品销售成了大问题。政府与农民都无法驾驭市场，价格高，一窝蜂种植；价格低，大家都不种。农产品价格如过山车，对农民积极性影响很大。不仅是烟叶，许多产品都是如此。最近几年，省里推广贸工农一体化、产加销一条龙、龙头企业带动农户生产等经验，积极探索解决该问题。

蟋蟀节（古风）

（1990年）

市县节日春笋发，
九个一变三十八。
莲花石榴桃苹果，
板栗樱桃和山楂。
斗鸡斗羊与斗牛，
好戏连台日月华。
人说节日非为节，
平台原为经济搭。
某县原为一穷邑，
蟋蟀默默瓦砾下。
忽而国际屡夺冠，
秋虫勇猛高身价。
京津好者串村户，
沪上行家营盘扎。
入夜万灯明如火，
瓦砾草丛细细挖。
中者一头六七百，
上者已达一千八。

有利之处人早起，
掮客牙人把财发。
穷县守令正愁困，
蟋蟀连上现代化。
呜呼筹备多方定，
煌煌蟋蟀节，
小邑放光华。
恭请朝中省上乐此不疲诸达贵，
遍邀国内国外蟋蟀养育咬斗家。
开会讲经济，
喝酒求融洽。
八方挂连知多少，
四海宾朋奔无暇。
此为盛世事，
心中多惊讶。
宣德好促织，
吴中破万家。
蒲公一出戏，
血泪犹斑花。
贾相好促织，
日夜孤山下。
惶惶《蟋蟀经》，

活活破邦家。
古来江南地，
重节夸繁华。
胡马饮长江，
犹唱后庭花。
君莫道夫子兴头淋冷水，
余亦乐节喜庆佳。
虫节蚁节皆好节，
重在生民乐生涯。
设节若为一场闹，
徒令智者笑掉牙。

今注：20世纪八九十年代，各县办节只重光鲜，不重效果。中央及省市多次明令规范，情况逐渐好转。各地形成了一批打响品牌的节庆，效益很好。十八大以后，省里对办节进一步规范收紧，成效显著。

大邱庄印象（古风）

（1991年）

百年立村百年穷，
十载突变起大城。
“左”倾右倾君去判，
黑猫白猫我自行。
娓娓道来三观念，
苦苦参求一世成。
田畴一变立楼宇，
鸡犬不鸣机器鸣。
烟囱参差零且乱，
道路横竖多不平。
更惜污染尚不治，
沟中流水皆血红。
转型农村要发展，
必作规划重环境。
山清水秀农民富，
才是生活好光景。

行路难（古风）

（1992年）

农业发展靠流通，
深化改革趋大成。
连结市场与产地，
二郎神仙有神通。
长途运销通城镇，
百货畅流节节升。
二郎贩运获大利，
诸路散仙红眼疯。
工商公安与税务，
联防卫检与交警。
是人就能设关卡，
真真假假难分清。
红旗一摆停你车，
蛋中挑骨蛆找缝。
超长超高与超宽，
超速超载与超重。
一应证件全不全，
前后左右灯可明。

车上载的什么货，
检疫卫生不卫生。
一点一丝寻纰漏，
不见故障不放松。
任何毛病挑不出，
说你机器沾油星。
车停你就交罚款，
三百五百尚属轻。
罚你算你有造化，
态度还要敬与恭。
否则重罚翻三倍，
直至扣人带扣证。
不要票据罚你少，
若要票据加俩零。
滥罚乱罚重复罚，
刁难盘剥无法绳。
管你货在哪儿卖，
管你税过等于零。
管你中央清三乱，
管你小民怨连声。
运销户是唐僧肉，
吃肉谁还怕肉腥。

名为国家实为己，
罚款多落私囊中。
身穿制服带红箍，
土匪泼皮霸路程。
商贾人人叹路险，
裹足不前百病生。
一妨产销相连结，
二妨农民积极性。
三妨改革害大计，
农业发展鬼吹灯。
勇哉农报三记者[①]，
随车暗访察隐情。
苍山至京千百六，
一路关卡十六星。
目睹路霸刁与横，
目睹小民艰辛生。
八百公里跟车记，
奋起为民呼一声。
上惊各部国务院，
下震有关区县省。
各方批示严查办，
清理三乱不能松。

撤关废卡明法令，
违法乱纪治以绳。
真抓真管真落实，
可望天下唱太平。
从此山川皆坦道，
商贾如鲫财源生。

①《农民日报》1992年1月27日发表该报三名记者所撰《八百公里跟车记》，报道农民贩运行车之难。各级政府进行严格整顿，公路交通对农产品运销广泛开辟绿色通道。短短五六年，不法现象绝迹。

第四卷 词

望江南（双调）·江阴北渡

（1980年）

长帆起，裂雪看涛汹。烟绿江南春退尽，云低风紧楚天空。江上一舟红。　　临风望，扬子水长东。兴废千年留一叹，风流总是去如风。谁识备操雄[①]。

①备操，指三国时期的刘备、曹操。

浣溪沙·游天山天池

（1983年）

塞外秋深残草衰，穹庐席卷雁行哀。凄清羌笛动愁怀。　　帐暖酒香不觉客，歌酣舞热去还来。轻车如箭上天台。

菩萨蛮·哈密南湖

（1983年）

南来一线天山水，蜿蜒直入白龙垒[1]。戈壁岂无城，沙洲多绿笼。　　暑天何漫漫，瓜圃清凉宴。维女美如花，轻歌鸣玉笳。

①白龙垒，即白龙堆，自哈密大南湖向南渐入沙漠，汉代所谓白龙堆沙漠。

生查子·夜过乌鞘岭[1]

（1984年）

横出霸河西，险峻愁飞鸟。六月尚风寒，万壑闻猿号。　　一线挂云中，冷月清清照。动魄笛声残，漫漫西行道。

①乌鞘岭，位于甘肃省武威市天祝藏族自治县祁连山中段，三峰海拔3562米，地极高寒。兰新铁路最高路段位于此地，火车经此时，需前后两个车头一拖一推方可过岭。

祝英台近·雨花台祭

（1986年）

六朝山，雨花乱，琼玉降无数。衰柳白门，秋草怨风苦。那堪志士成仁，荒台碧血，天悲咽，花埋忠骨。　　烈魂舞，为争民主自由，轻抛命如许。理想如天，听动地箫鼓。沉沉惨雾愁云，临风把酒，尽都付、百年歌哭。

清平乐·秦淮河上

（1986年）

飘摇明祚，江上愁云吐。十里秦淮灯火薮，香软销金处。　　可怜娇聚香侔，男儿阉党清流①。易代鼎新之际，又谁不吝此头。

①南明建立于风雨飘摇的南京。当是时，清兵已饮马长江，王公大臣依然内斗不止，阉党与清流互为水火，谁把国家兴亡放于心上，文人士大夫又有几个慷慨赴死。

如梦令·望宝岛（二首）

（1986年）

其一

留此洪荒偏隅，自古遗民羁处。流土尽吾民，怎断万丝千缕。“台独”，“台独”，怕是自亡生路。

其二

蕉雨椰风烟渚，几度惊天金鼓。叹郑氏延平[①]，遗烈且光千古。谁悟，谁悟，怎得孤臣如许。

①郑氏延平，即郑成功，1655年南明朝廷敕封其为延平王。

少年游·故宫

（1986年）

玉阑金顶暗红墙，日暮午门旁。紫台龙陛，丹霞楼榭，九五帝王乡。　　明家宫阙清家享，五百载兴亡。漫道承天，莫言磐固，民乐即金汤。

鹧鸪天·巴里坤草原

（1989年）

黑水天山起暮烟，秋原遥望草连天。荒烽故垒兵屯处，圣祖三征噶尔丹[1]。　　生不见，敕勒川，羊驼云草梦魂牵。胡笳互动边声起，有客思归独怆然。

①17世纪厄鲁特蒙古准噶尔汗国大汗东征西战，收服蒙古诸部，称雄西域，骚扰清边。清圣祖康熙三征噶尔丹，巴里坤为其基地。

蝶恋花·安山古闸[1]

（1989年）

古渡安山今撮土。耆老相传，山在桥头处[2]。岁岁翻闸船万橹，弃河由此东湖去。　　旧迹难寻烟雨树。废弃经年，繁盛谁知驻。放眼接天青水浦，依稀素手摘菱女。

①安山闸，古大运河上重要船闸，位于运河与东平湖相接处，南来北往之船必经此处接驳，过闸入湖。安山闸旁形成的安山镇，往昔非常繁华，惜现已破败不堪。

②安山名为山，实不见山。听当地父老言，安山很小，现已淹没于运河大桥之下。

浪淘沙·东平湖上

（1989年）

八月正中秋，天碧风柔，湖中荻苇望如洲。一片沙鸥鸣远柳，叶叶扁舟。　　正是采菱稠，渔女船头。恍如仙女早梳头。闻客相呼眉低笑，欲答还羞。

青玉案·过齐陵[1]

（1989年）

清清淄水引人醉。但满目，沙尘起。道尽齐陵彝尊意[2]。千年依旧，断碑孤雉。禾黍西风里。　　当年霸业留残垒。稷下先哲领风气[3]。管仲小白何处思。英雄说尽，赵高吕氏。不若弹铗弃[4]。

①齐陵，临淄齐都之北、淄水之西有齐陵镇。
②彝尊，即清代著名词人朱彝尊，与纳兰性德、陈维崧并称“清词三大家”。其词作有《青玉案·临淄道上》。
③齐国设稷下学宫，提倡百家争鸣。
④弹铗，《战国策·齐策》载：孟尝君门下有食客冯谖，左右贱之，出无车，食无鱼。冯谖弹铗而歌，孟尝君以士相待，成其手下得力谋士。

荷叶杯·荷塘小景

（1990年）

七月后塘香满，翻卷，水芙蓉。鹭鸥翻舞复来去，深处，惹幽鸣。

卜算子·泰山卧龙槐[1]

（1990年）

本志欲成龙，不意形如马。铁骨虬枝宁折屈，不受秦封者。　　山远起云烟，弄雨吼声哑。碧盖清荫凉透衣，如水山风也。

①卧龙槐，位于泰山中天门下登山道中。四株古槐，势若卧龙，遒劲盘曲，凉荫如盖。

鹧鸪天·湖居

（1990年）

暮雨初晴天气佳，清凉暗透紫裙纱。荷青菖粉幽香近，不觉月移树影斜。　　蛩唱远，月如华，目如秋水面如花。渔歌声渺恍如梦，远渚炊烟船有家。

虞美人·单县琴台①

（1990年）

形如半月孑然立，单父烟霞里。秋霖初过嫩寒来，秋气秋声秋雁一行排。　　不齐倚众鸣琴治②，曾点沂河戏③。治平之道在安民，薄赋轻徭教化自风淳。

①琴台，即单父台，是孔子弟子宓子贱任单父宰时鸣琴而治的地方。现为湖西地区抗战烈士纪念园。

②不齐，即宓子贱，字不齐。其为单父宰时，每天只在琴台抚琴，却把单父治理得很好。主张治理依赖众人力量。

③曾点，孔子弟子。他向孔子谈理想时说："暮春者，春服既成，冠者五六人，童子六七人，浴乎沂，风乎舞雩，咏而归。"孔子听后说："吾与点也。"

蝶恋花·兖州泗河出土镇水宝剑[1]

（1991年）

三百春秋平水杵。出世锵然，洙泗合流处。铁锈斑斑浑似血，孽龙授首几何数。　　如水汹汹人欲恶。安得龙泉，斩鬼锋如许！莫道丹书无简记，平波犹记金知府[2]。

①镇水剑，1988年春出土于兖州泗河大桥东侧河底。铁铸，长7.5米，重约1500公斤。据剑柄文字记载，此剑铸于清康熙五十年（1711），用于泗河镇水。

②金知府，指金一凤，山阴人，康熙年间任兖州知府，主持铸造镇水剑。

江城子·曹县行

（1991年）

平沙漫漫古漆园①。柳如烟，梦蝶蹁。傲吏子休②，一梦九重天。将相千金牛服绣③，孤豚乐，去羁牵。　　逍遥出世盛名传。利名关，破原难。庄老高标，无奈亦无言。生死匹夫皆有责，心力尽，志方圆。

①漆园，宋国古漆园在今曹县西，庄周曾担任漆园吏。
②子休，指庄周，字子休。
③牛服绣，《史记·老子韩非列传》载：楚威王闻庄周贤，使使厚币迎之，许以为相。庄周辞不就，曰："子独不见郊祭之牺牛乎？养食之数岁，衣以文绣，以入太庙。当是之时，是欲为孤豚，岂可得乎？"

风流子·过徐蚌

（1991年）

徐淮鏖战地，烟迷处，尽断燧荒祠。奈生死对决，旆旌遮日，雾封垓下，神鬼屏栖。碎金鼓，血花沾衰草，寒气透征衣。无定骨残，倚门亡子，马革还尸，闺梦何依。　　古来知谁吊，王侯宁有种，征战劳师。易姓怎关匹夫，蹈死前驰。恨游魂十万，家山怅望，角残弓断，甲杖山遗。唯愿锦花圆月，盛世开基。

台城路·白头山天池

（1992年）

苍凉赤地无残杪，浑似辟天初造。斧斩长白，不周柱折，一十六峰巉峭。霜清石槁。正涵润平波，一池风淼。天气无常，乌云突起雾中罩。　　桑田沧海怎料，想群山突震，熔石腾跳。地火烛天，滚雷动地，五百山林齐燎。祝融火耀。叹冰腑魂飞，目瞠舌矫。鬼助江郎，怕才情尽夭。

曲江秋·塞外感怀

（1992年）

雄关拥伫。看绣错川原，龙飞凤翥。黑水北拦，白山东限，抱江原沃土。牧人多劲旅。铁骑出，胡马渡，南向势如虎。边关战火，弯弓盘弩。　　嗟乎！清兴塞北，潜龙地、条边永锢[1]。沉浮百年事，烟消毳帐，民众来冀鲁。一挑担尽乡愁，披荆斩棘开新亩。有绣水红霞，青山衔照，美景如许。

①条边，指柳条边。清代封禁东北，不许汉人前往居住生计。清末放开禁令，山东、河北一带民众多扶老携幼，出关垦荒，东北由此进入大开发时代。

浣溪沙（八首）

（1992年）

1992年6月底，赴扬州参加会议。扬州为千年文化名城，向往已久。会议闲暇，游览众多古迹，返程得《浣溪沙》八首。

扬州夜市

疑是上元舞玉鳞，千灯火树照红云。画楼箫鼓动琼宸。　　烟树月桥花似雪，衣香人影最销魂。雷塘寂寞不归人[①]。

①雷塘，在扬州城北，传隋炀帝葬于此。

大明寺[①]

名重东南古刹兴，月辉斑驳照寒僧。江淮六郡遍钟鸣。　　宏愿苇航东土渡，流芳千古奈良城。江山静对妙心明[②]。

①大明寺，鉴真和尚原住持之寺，今建有鉴真纪念堂。
②清乾隆皇帝赐大明寺对联有云："淮海奇观别开清静地，江山静对远契妙明心。"

平山堂[①]

极目大江浩渺间，金焦数点六朝山[②]。依稀拱揖雕栏前。　　雄郡扬州多俊守，名阁春雨祀三贤[③]。方知文重胜千年。

①平山堂，位于扬州西北郊大明寺内，为欧阳修所建。
②金焦，指金山、焦山，位于长江以南。从平山堂中放眼望去，金、焦数山如揖堂前。
③春雨阁，在扬州二十四桥旧址，内祀曾任扬州太守的名宦欧阳修、苏轼、王士祯。

红桥[①]

潇洒少年司理郎[②]，红桥修禊好词章。冶春作雨满维扬[③]。　　怅望遗踪何处觅？长堤踟蹰意彷徨。桃红柳绿送清芳。

①红桥，清初扬州胜景，为文人雅集之处，在今日徐园一带。当年王士祯常在此聚文人名士修禊雅集，诗酒唱和。
②司理郎，指王士祯，康熙初年为扬州司理。
③王士祯《冶春》诗："今有东风太狡狯，弄晴作雨遣春来。江梅一夜落红雪，便有夭桃无数开。"

蜀冈①

占尽东南地气收，繁华如梦叹难留。草芜远没隋城头。　　天下二分明月照，年年四季绿波流。淡烟起处旧迷楼②。

①蜀冈，位于扬州城北，乃一片高阜，列东中西三峰，为淮南佳境。原为隋唐扬州旧治。
②迷楼，原在蜀冈之南，隋炀帝所建，今已不存。

小苎萝村①

自古扬州佳丽乡，苎萝草木亦天香。乱头已自压群芳。　　西子花前疏影动，樊川月夜断柔肠②。依稀人面箫声长。

①小苎萝村，位于扬州城北，传为出美人之地，古人比作西施故里小苎萝村。
②樊川，即杜牧，曾为扬州推官。其诗有“二十四桥明月夜，玉人何处教吹箫”句，为千古名句。

史公祠[①]

正气堂堂四壁生，松涛阵阵似刀鸣。金声隐约满扬城。　　数点梅花亡国泪，二分明月故臣情。武乡文信伴孤卿[②]。

①史公祠，即明代史可法衣冠墓，在扬州旧城之北。
②武乡，指诸葛亮，蜀汉丞相，封武乡侯。文信，指文天祥，宋末封信国公。

瓜州古渡

吞吐千帆吴楚喉，勾连淮海古津头。惊涛犹记幼王仇[①]。　　南望六朝青幔髻，北收十国绿平畴。雨烟暗锁北固楼[②]。

①幼王，指元末农民起义军所奉之主韩林儿，后被朱元璋沉于瓜州古渡。
②北固楼，江南名楼，与江北瓜州相对。辛弃疾有词《永遇乐·京口北固亭怀古》。

浣溪沙·养马岛[1]

（1992年）

绿树青山映画楼，白沙碧海倚栏收。秦皇养马小瀛洲。　　落日铄金归鸟唱，寒星数点打鱼舟。三山飘渺梦中游[2]。

①养马岛，位于山东省烟台市牟平区。传为秦始皇东巡养马之处。
②三山，指秦始皇所向往的海上三仙山，即蓬莱、方丈、瀛洲。

阮郎归·满洲里

（1992年）

边尘一扫国门开，亲情又挂怀。似曾相识故人来，友谊花树栽。　　弓销尽，剑同埋，重新理旧牌。永将干戈化玉帛，将军两鬓衰。

南歌子·珲春

（1993年）

羽檄传星垒，边声满戍楼。严关似铁鸟飞愁。犬吠声闻数国，费经筹。　　北国经多变，南邻不转头[①]。开边互市贾商稠。明日珲春鹿港[②]，早绸缪。

①北国，指俄罗斯。南邻，指朝鲜。
②珲春有三国交界之利，当地正在扩大开放，打造东北亚国际贸易特区。

浣溪沙·台儿庄大战

（1993年）

三万换他一万兵，游魂四万哭荒城[①]。血流满地运河腥。　　残垒重重迎落日，弹痕累累动心旌。英雄勋业照汗青。

①1938年台儿庄战役中，国民革命军阵亡三万多人，日军阵亡一万多人。

苏幕遮·台儿庄

（1993年）

古漕头，成旧忆[①]，襟带徐淮，逐鹿兵争急。壮士平敌决死役，四十二天，血尽忠心碧。　　北城门[②]，清真寺，弹洞斑斑，累累留残壁。兵火难欺双柏立[③]，犹向人言，莫忘当年敌。

①明清漕运盛时，台儿庄是鲁南一大商镇。繁华如梦，今成追忆。
②北城门，即中正门，旁有清真寺，是当年台儿庄血战反复争夺之地。
③双柏在清真寺内，虽经兵火，依然苍翠。

忆秦娥·登长城

（1993年）

看不断，关山似铁称天限。称天限，秦时明月，汉家雄观。　　烽燧不举狼烟散，残墙断续龙脊现。龙脊现，中华是佑，盛基长奠。

清平乐·蒲松龄故居（二首）

（1994年）

柳泉

柳泉旧井，古道青齐径[1]。树下蒲公留客茗，细说狐媚鬼猛。　　僻乡一介穷儒，白头困顿经书。谁解其中酸楚，聊斋写尽愚夫。

①蒲家庄东有柳泉，正处青州至济南道上。蒲松龄当年在柳泉下烹茶，供行旅歇脚，听闻各地鬼怪故事。

旧居

茅庐破败，利笔书神怪。鬼狐狰狞多可爱，极尽人间百态。　　莫言运势穷亨，流芳不在功名。聊斋高人之处，借妖剖解人生。

浣溪沙·济南上元（二首）

（1994年）

其一

一夜鞭声一夜花，一城灯火照千家。喧喧士庶乐无遐。　　历下众泉集古泺，齐烟九点到星槎。上元笙管庆繁华。

其二

历下上元人满城，灯河似水接湖明。一年更比一年荣。　　攘攘熙熙看社火，万民如攒画中行。烟花碧落化繁星。

武陵春·游尼山

（1994年）

五老环拱尼岭峻①，翠柏覆山头。古洞千年颓又修②，思古意难收。　　子叹逝川吾叹岁，似水向东流。物是人非莫说休，礼在鲁，固宗周。

①尼山周围有五座山峰，如五位神仙守护尼山。
②夫子洞在尼山脚下，为孔子诞生之地，近有修缮。

苏幕遮·广州夜市

（1994年）

夜花城，城永日。灯海霓虹，燃透珠江碧。举袂成云香似袭，洒洒飘飘，乱落如兰溢。　　女儿娇，腰纤饰。醉舞蕉风，摇曳增柔昵。酒绿灯红龙凤集，歌尽楼台，不知三更易。

浣溪沙·少昊陵记①

（1994年）

此地名传古寿丘，穷桑凤栖碧悠悠。功标华夏有源头。　　处处触怀追五帝，景灵烟火早残休②。宣和碑旧万人愁③。

①少昊陵，在曲阜东北五里，古称寿丘，传太昊诞生于此。
②景灵，即景灵宫，宋代繁盛，今已无存。
③少昊陵南有一无字旧碑，高近二十米，史载为宋宣和年间制，未立而金人至，遂淹埋。近年立起，巍巍然也。

浣溪沙·济南初雪

（1995年）

冻絮乱飞天晦明，寒风如铁冷摧城。琼华玉屑忽翻倾。　　大厦风摇山渐远，小街雪满水迷朦。梨花万树映霓虹。

蝶恋花·春节

（1995年）

窗外纷纷飞雪闹。画鼓声中，又是春节到。物换星移何草草，铿然残漏惊人老。　　功业未成秋鬓早。壮岁旌旗，王事何时了。报国书生终有道，冰河铁马征途杳。

画堂春·易安祠①

（1995年）

曲阑翠阁画帘移，紫藤花密蝶飞。旧时红绿草堂西，杜鹃轻啼。　　门外平桥轻雾，泛波漱玉风微。含烟岸柳鸟归时，日又平西。

①易安祠，位于山东济南趵突泉公园内。

江城子·夜宿诸城

（1995年）

长天一碧月当头。诸城游，古名州。当年苏轼，太守多风流[1]。水调高歌千阕废[2]，唱中秋，世无俦。　　缺圆最是惹千愁。叹难酬，意悠悠。死合生离，梦醒见空楼。如水月华霜卷去，千种泪，万年休。

①苏轼于熙宁七年（1074）十月至熙宁九年（1076）十月任密州知州两年。这两年是其诗词创作高峰，存世共计209篇。
②指苏轼名作《水调歌头·明月几时有》，此词写于密州。

卜算子·微山湖大雾

（1995年）

初日若苍黄，混沌凝遮目。湖上云烟齐聚集，鹳雀迷归路。　　世事叹迷茫，重在勿停步。总有阳光驱雾浓，坎坷成财富。

蝶恋花·赤壁

（1996年）

看尽沧桑千仞峙。楚水吴涛，浪下声声沸。绝唱关西江上起[1]，长留浩叹残阳里。　　天下分合凭大势。三国男儿，各具英雄气。仗剑茫茫当自矢，封侯难觅鬓霜悴。

①绝唱，指苏轼词作《念奴娇·赤壁怀古》。

琵琶仙·武夷道上

（1997年）

层叠千障，凭遮断、丽日云霞春若。仰看峭壁悬崖，苍鹰振飞跃。耳边厢、风吹松海，目断处、暮云长薄。水冷潭空，星明月淡，猿号深壑。　　噫吁戏！蜀道之难，怕难比，武夷路愁恶。沽酒山前荒店，见人家城郭。平岗上、松窗竹户，闽水边、渔火灯烁。空有陶令之思，野云闲鹤。

念奴娇·鼓浪屿怀古

（1997年）

英雄难觅，忆封台点将[1]，列帜辕旌。带甲当年三十万，遥看金马台澎。国破家亡，荆棘复地，胡马踏血腥。蒙尘宝岛，夜潮呜咽愁听。　　家国天下皆空。报仇怀恨，向何处请缨？看罢吴钩栏拍断，旌旃帆橹连营。孤岛成城，楼船星阵，一鼓下珠琼。汉家烟阁，画标千世功名。

①鼓浪屿日光岩相传是郑成功点将台。郑成功在此练兵点将，最后一举收复台湾。

谒金门·海口五公祠怀东坡

（1998年）

夫吁戏！词苑独钟苏氏。小醉独呼寻丽字，得来皆琐碎。　　化不了知与器，学不到心与志。豪放开山留一裔，岳辛传万季[1]。

①岳辛，即岳飞、辛弃疾。

减字木兰花·辛弃疾纪念馆[1]

（1998年）

鹊华烟树，目断明湖寻旧路。历下双安[2]，潇洒风流七二泉。　　冷泉幽谷，五柳祠堂今破土。夕照金风，九点齐烟点点红。

①辛弃疾纪念馆，位于山东济南历城区遥墙镇四风闸村，为辛弃疾出生地。
②历下双安，指易安李清照、幼安辛弃疾。

南歌子·过葛洲坝

（1999年）

神女烟笼雾，巫山雨断云。如龙葛坝遏江魂，又见三峡闸建，徙居民。　　发电沿江下，平洪利国门。山高水秀满名珍，可叹平湖蓄水，又何存？

沁园春·出玉门

（1999年）

戈壁无垠，天暗云低，砾石杂罗。看惨黄愁白，枯枝败草；百兽杳踪，沙鸟飞娑。旷古沉沉，分明声动，嘶马鸣笳边气多。凭谁叹？有征夫胡旅，队队明驼。　　离愁千古难磨，好男子此生自蹉跎。叹断堠残照，风吹征旆；落花有恨，流水如歌。壮士成尘，光荣一梦，泪洒长安灯似河。将行也，愿天山南北，世世祥和。

鹧鸪天·历下亭怀渔洋先生①

（2000年）

夹岸柔条绿正浓，一行秋雁入云中。扑窗香气难关住，荷叶田田菡萏红。　　景似旧，觅遗踪，画楼犹记旧时风。清家诗苑百花盛，秋柳低吟情性通。

①王士祯，号渔洋山人，山东新城（今桓台）人。清初杰出诗人，与朱彝尊并称“南朱北王”。诗创“神韵”之说，重性情。23岁时与济南士子游大明湖，赋《秋柳》诗四首，成立秋柳诗社。

鹧鸪天·游仲宫南山

（2000年）

宿酒难浇块垒残，平生只有折腰难。梦中未必丹楼见，掷却龙泉虎壁前。　　回马岭，濯清泉，乱云卧看又青山。放翁五柳归林去，造物原来最爱贤。

诉衷情·海北抒怀[①]

（2013年）

秋来海北菜花黄[②]，牧马草茫茫。祁连亘古残雪，皑皑接天长。　　思报国，姓名藏，射天狼[③]。江河铭记，薪卧胆尝，国有忠良。

①海北，指青海省海北州。

②海北地高天寒，八月份祁连山油菜花才开。

③我国于20世纪60年代在海北州研制核武器，在十分艰苦的条件下，研制出第一代原子弹、氢弹。

临江仙·戊戌五月至黄河入海口

（2018年）

万里长江终入海，波轻浪静天青。回头百险已心平。三关无绝道，九曲听涛声。　　四十余年身似寄，情随逝水飘萍。闲登小塔看新晴。荻芦天际白，蓑笠一舟横。

临江仙·又到马套①

（2018年）

忆想当年山火起，风卷马套浓烟。势拦烈火泰峰延。军民同奋战，浴血写诗篇。　　马套如今天地变，民俗生态家园。栽茶种果满山川。凭栏风色绿，处处笑声喧。

①马套，是长清与泰山接壤处的一个山村。2011年4月18日发生山火，军民扑救四天四夜，终守泰山。今来马套，犹想当年夜奔火场，历历在目。

忆秦娥·闻一多先生雕像前①

（1987年）

心如海，涛声似鼓传天外。传天外，一生呐喊，自由旗在。　　千呼万唤能何奈，殷殷鲜血惊千代。惊千代，点点如火，国魂长赖。

①闻一多先生雕像在山东青岛中国海洋大学校园内。

南歌子·延边怀吴禄贞①

（1993年）

饮恨滦州死，延边有虎声。三年幕府振长缨。几度烽烟鼙鼓，固边庭。　　何处寻残垒，穷边衅不生。旁依旧府起新城。一杯清醪酹地，慰英灵。

①吴禄贞（1880—1911），湖北云梦人。1898年留学日本士官学校，后加入兴中会。1907年任东三省总督军事参议，帮办延吉边防事务。后升任保定新军第六镇统制。武昌起义后，积极策划北方新军起义，被袁世凯派人杀害于滦州。

生查子·南京侵华日军大屠杀纪念馆

铁蹄踏金陵，宫阙成灰土。三十万生灵，血染红江浦。　　旧耻刻长铭，强国心难负。世界要和平，莫忘冤魂哭。

鹧鸪天·商河鼓子秧歌

（2000年）

金鼓铿锵卷地雷，气夺五岳撼心扉。二龙出水楚王阵，十面埋伏汉将旗。　　民尚武，遍青齐，舞风剽悍见威仪。古来山左多豪俊，一展男儿壮美姿。

玉楼春·第十一届全运会开幕式

（2010年）

东边荷放西边柳，斗艳争奇如锦绣。泉城今日喜迎宾，巾帼男儿皆抖擞。　　银花火树照琼斗，华彩霓裳歌舞后。蓦然人阵竖天梯，圣火升腾明似昼。

水调歌头·谢军夺得国象冠军①

（1991年）

盛哉百年战，捷报传千家，齐布尔达尼泽②，力竭坠黄沙。为后十三春夏，三度横刀夺霸，斩名将如花。今日如风过，皇冠亚洲斜。　　为此时，一代代，厉兵车。谢军十载尝胆，一剑走天涯。连岁踏平五阙，四十余场陷阵，箫鼓碎胡笳。青简留名著，弱女壮中华。

①1991年，21岁的谢军在菲律宾马尼拉举行的国际象棋女子世界冠军赛中夺冠，成为登上国象世界宝座的亚洲第一人。
②齐布尔达尼泽，格鲁吉亚棋手，保持世界冠军头衔达十三年。

踏莎行（三首）

（1992年）

明朝后妃多贤良，作《踏莎行》三首。

太祖马皇后①

艰危良妻，怀饼窃饭，征衣手补宫中线②。君臣相保比长孙，亲编古训贤妃卷③。　　红板仓粮，御裁紫缎④，母仪宇内朝堂赞。病危却奏止祈言，万山风雨愁云漫。

①马皇后，名马秀英，宿州人。元末农民起义领袖郭子兴的养女。郭子兴将其许配于朱元璋。明建立后，立为皇后，有贤名。

②朱元璋因故被郭子兴禁闭，马皇后窃饼藏怀中以进，皮肉为焦。战争年代，马皇后亲率女眷为战士做征衣。

③长孙，马皇后深明大义，竭力沟通君臣关系，后人将其比作唐长孙皇后。贤妃卷，马皇后命人编写历代贤良后妃事迹，让后宫学习。

④红板仓粮，指马皇后怜太学生家属生活无着，奏请设红板仓，专门供应太学生妻小生活。御裁紫缎，指马皇后亲奉节俭，经常动员后宫做一些衣物送给孤寡老人。

天启张皇后[①]

秀冠千姝，贤称后位，生逢末世空心碎。临危力主信王承[②]，祚延十七明家岁。　　六载母仪，辅君尽悴，经霜历雨宫墙内。香魂犹恋旧山河，斜阳衰草西山泪。

①张皇后，名张嫣，河南祥符人。15岁选为天启帝之妃，天启即位立为皇后。
②张皇后性严正，对当时擅权的魏忠贤、客氏多有约束。天启病笃，张后无子，她极力主张天启之弟信王朱由检入继大统，使濒危的明王朝又得以延命十七年。

崇祯田贵妃[①]

玉骨冰肌，丰容盛相，十三雁柱鸣弦唱。星枰博弈玩月台，暂舒帝倦忧西望[②]。　　不妆天成，素衣苏样[③]，娇嗔拜舞群芳上。巧工金线绣罗裙，西山寂寞幽思长[④]。

①田贵妃，名田秀英，江苏扬州人。天启末年入选秀女为信王妃，崇祯继位立为贵妃。
②田贵妃冰雪聪明，琴棋书画无所不精。崇祯后期，内忧外患，崇祯皇帝疲倦万分。田贵妃常陪他在玩月台下围棋，每次暗让二子，换得其暂时歇息。
③田贵妃不施粉黛，穿衣皆为南方淡素雅装，称为“苏样”。
④田贵妃病故于崇祯十五年（1642），葬于西山。

青玉案·李自成禅隐夹山[①]

（1995年）

烟迷澧水夹山暮。九宫险、云如雾。奉天僧来依此处。铁衣著尽，冕衮脱付。证佛英雄路。　　九宫授首原无误。官谳清廷证家谱[②]。一代枭雄从此去。补之铭续[③]，梅花常赋[④]。难证仙槎渡。

①明末农民起义领袖李自成1645年兵败湖北通山县九宫山，为乡勇所杀，这段史实官私记载无误。但20世纪90年代时，湖南石门县传出李自成兵败后未死，而是隐于石门县夹山寺，主要证据是夹山寺发现了一个奉天玉大和尚的墓，并说奉天玉就是李自成。证据不足，学界炒作一阵，自会归于沉寂。

②家谱，即指通山《程氏家谱》，里面详细记载程九伯率乡勇砍杀兵败到九宫山的李自成一事。

③补之，有人考证即李自成侄子李过，也就是《重兴夹山灵泉禅院功德碑》所载“野拂大和尚”，证据亦不能成立。

④梅花常赋，主张禅隐夹山的学者将夹山寺咏梅诗残版说成是李自成的诗作，亦无证据。

诉衷情·与艾平君同游西湖醉归①

（1980年）

西湖酒醒莫凭栏，踉跄走市廛。皆为历下分别，思量旧盘桓。　　六和塔，虎跑泉，数流连。柳烟清月，胜景余杭，念念家山。

①朱艾平，好友，时就读于浙江美术学院。

霜天晓角·寄友人

（1988年）

依稀忆逐，舞醉谢娘曲。思念恰如云梦，灞桥柳，今当绿。　　雁声渐已伏，尺书难相续。莫问晨山，莫问暮潮，红烛昏目。

青玉案·终别

（1989年）

烟波风雨看前路。但挥手、从兹去。三十年华如箭度。青灯黄卷，艰难多故。今将游何处。　　跳红飞紫西园暮。恨笔难题别离句。荒榭徘徊愁几许。五年残苑，一池落絮。别泪滴如雨。

点绛唇·深秋

（1990年）

霜重深秋，梧桐院落黄花地。金乌难系，有万重愁累。　　付不可知，尽将先学弃。胡不寐？田园荒敝，进退徘徊意。

闲中好（三首）

（1990年）

1990年夏，与好友曹洪军同游泰山，徜徉山水之间，得《闲中好》三章。

其一

闲中好，少福难消悟。山静倚树歌，心中有何负。

其二

闲中好，有福知多趣。呼啸看暮云，风吹暑烦去。

其三

闲中好，不问人间务。放浪山水中，草堂夜听雨。

卜算子·饮于文山兄处[1]

（1990年）

不见足年矣，豪饮余瞠目。文武文山具杰雄[2]，大樽行莫住。　　窗外雨淅淅，泰岱云和雾。醉起扶摇挑画烛，我与君同舞。

①武文山，大学同班同学，时任职于泰安学院，本不善饮，是夜二人对饮，连干大杯。

②文文山即文天祥，武文山即同学武君也。

江城子·与明晨、慎友、培国诸友欢聚[1]

（1991年）

三更酒醒画堂灯。目昏星，脑疼疼。如水风轻，秋月尚盈盈。澹妄依稀皆不记，歌唱尽，诸君行。　　人生聚散叹飘萍。几多情，饮千觥。唤友呼朋，十载一忘形。莫对金樽空叹岁，生有限，饮无更。

①明晨、慎友、培国，皆鱼台同学旧友。

思帝乡（别体）·梦蝶（四首）

（1991年）

其一

不知道，我其谁。是有还疑没有，醒难回。梦乱恍兮惚兮，有蝶飞。直面茫茫三界，自心驰。

其二

尘世上，我佛陀。有我方知大块，地风荷。莫负青春年少，对心歌。莫羡少年轻狂，去心魔。

其三

来于世，路方长。佛示人生皆苦，慕天堂。道讲神仙可期，有羽裳。我意实心做事，重文章。

其四

人间世，我何望。生死修短难料，叹无常。浩浩沧海无际，一瓢尝。留得率真明静，莫彷徨。

浣溪沙·与运昌、文山诸兄欢宴，因赋[1]

（1991年）

前度刘郎今又来，旧朋金角宴欢排[2]。流年莫说且开怀。　　泰岱松涛声似海，清辉新月照琼台。谁人酒酣舞徘徊。

①运昌、文山，即米运昌、武文山。
②金角，指泰安市金角酒楼。

好事近·寄友

（1992年）

小别雪晴时，扬子早潮拍岸。转瞬柳花飞絮，又醉春江干。　　五年碌碌事平平，苦崎岖多蹇。曾颂君飞尺素，恨无词付雁。

蝶恋花·读金老《桃花匠》①

（1992年）

改地换天为亿兆。百折千回，苦把桃源眺。抛却贫穷温亦饱，毛公应慰今赢考②。　　改革方能除旧貌。陶令今知，不走武陵道。四化催人春色好，青山处处人难老。

①金老，金石开同志，曾任省委农村工作部部长。
②赢考，1949年中央自西柏坡进驻北平，毛泽东笑谓“进京赶考”。

点绛唇·梦东坡

（1993年）

苦煞东坡，词人运蹇多穷困。抱蓝田印，图致君尧舜。　　呼酒柴门，潦倒谁人问。杞人近，目昏苍鬓，咄咄休休韵①。

①辛弃疾《鹧鸪天·鹅湖归病起作》中有句：“书咄咄，且休休，一丘一壑也风流。”

采桑子·读苏词

（1993年）

浮沉进退苦多士，抱玉怀犀。用舍由时，道尽人生大窦机。　　精研博学参天地，立足平齐。路有崎夷，傲世文章百代师。

卜算子·增祥见赠《荷塘》画轴

（1993年）

万顷绿连天，鸬鹕摇风影。岸柳含烟拂晓霜，只有孤舟横。　　借得玉池清，阆苑花期重。赠我风荷壁上新，陋室清香永。

卜算子·冬日（二首）

（1994年）

其一

万木叶残黄，百草经霜白。淡淡西风微雨湿，阵阵清寒在。　　放眼看东山，山远生青霭。几椽茅庐隐雾中，一片浑如海。

其二

冬至日生曛，更喜风微起。野巷断桥细水流，静静炊烟里。　　倚壁几村伯，对坐时私语。村头黑犬戏黄犊，无赖声声吠。

忆少年·感旧

桃花紫陌，清风绿柳，垂髫时序。重帘画窗燕，敢望油车旅[1]。　　叶底莺声惊玉露，一声声、憔悴如许。十年不由问，竟秋霜落絮。

①油车，即油壁车，是古人乘坐的一种车子，车壁用油涂饰。

曲江秋·感时

（1996年）

时光过晷。叹落拓人生，韶华易逝。习剑学书，青灯皓首，谓求仁取义。艰苦更励志。几风雨，情难系。骋目迷天处，烟波浩莽，此身如醉。　　嗟惜！平生所学，都消磨、匆匆日里。凄然忆故圃，砚池何在，心苦沾泪衣。梦回似海浮生，汹汹攘攘行而已。算只有逍遥，野鹤化外，把心留寄。

蝶恋花·秋兴

（1996年）

凋尽黄花秋意聚。一片萧萧，最是添愁绪。野居无聊枕懒倨，榻前散却搜肠句。　　醉酒午间零乱著。卧起扶摇，那堪惊花语。极目村烟飘几处，平林漠漠人独伫。

浣溪沙·感时

（1996年）

酒醒竹风敲画堂，南山惆怅叶微黄。金风暗度又新凉。　　倦望霜途杳且远，愁思秋景雁行长。漫弹长铗看斜阳。

沁园春·记梦

（1998年）

荡荡中天，一片空浑，似鲲似鹏。看关河田畴，地平如砥，何休何止，无去无迎。渴饮寒泉，饥餐英草，天地为家乐一生。真快哉，坐享山与水，猿猱同形。　　惊回梦远残更，又起看，清辉照绣扃。正雪敲冷阶，灯火明灭，壁环如囚，何处泉声。心慕闲云，身为俗役，碌碌忙忙苦骸形。抚剑叹，那人生流水，谁主春荣。

采桑子·寄友人

（1998年）

不知别后君行远，渐少书纶。渐落俗尘。目断飞鸿秋气浑。　　曲桥拱榭同游处，彩蝶纷纷。绿草茵茵。羡煞燕来有暮春。

永遇乐·读《人间词话》记

（1998年）

词为诗余，律协音谐，词雅言旖。端己飞卿，南唐李煜，写尽伤离意[1]。新声旧调，樊篱踏破，幸有眉山苏氏。江东流，铁板关西，绮罗洗尽香腻[2]。　　词人并起，分门明帜，坫坛百花千卉。生死离情，直抒胸臆，最戒空假辈。婉约豪放，苏辛柳李，莫要强分轩轾。凭记取，兰菊异卉，气香并贵。

①端己、飞卿，即韦庄、温庭筠。二人为唐代花间派词人重要代表。南唐李煜，即李后主。王国维《人间词话》论曰："温飞卿之词，句秀也；韦端己之词，骨秀也。""词至李后主而眼界始大，感慨遂深，遂变伶工之词而为士大夫之词。"

②俞文豹《吹剑续录》载：苏轼官翰林学士时，有一幕士善歌，因问曰："我词何如柳七？"幕士答曰："柳郎中词，只合十七八女郎，执红牙板，歌'杨柳岸，晓风残月'。学士词须关西大汉，铜琵琶，铁绰板，唱'大江东去'。"东坡绝倒。柳七、柳郎中皆指宋代大词人柳永。

柳梢青·感秋

（1999年）

烟霭纷纷。西窗落絮，秋气愁人。路远天寒，此生为客，何日舒伸。　　十年旧事殷殷。回首处，残阳荡魂。血性男儿，腰横秋水，莫负青春。

清平乐·寄友

（1999年）

韶华易去，谁又能留住。百岁泉台皆一路，憔悴身心何苦。　　男儿行世何难，良知远过高寒。子秀妻贤人寿，从来天道好还。

柳梢青·早春

（2000年）

细雨方停。日升雾去，河上裂凌。风暖似裁，地行如薰，已是春声。　　农家先感春萌。瞧户户、收拾耦耕。村里翁姑，田头少女，牛背笛横。

六丑·读史

（2000年）

正穷经究史，叹青鬓、光阴虚委。圣贤道统，学来知曷事。家齐国治。丈夫身如寄，班超投笔，万里封侯志。凌烟史简何人贵。李杜苏黄，宦游小吏。儒巾误身堪愧，但荒了旧圃，风雪千骑。　　穷达天意，皆浑然渺矣。北渡三声绝，遭逢异。牢笼士多金紫。是英雄杰俊，且为君使。才高耶，不明机诡。凭落得，坎坷尘途多蹇，枉嗟噫戏。身无主，逐浪随旆。烟瘴路，林下作闲客，严陵钓起。

浣溪沙·读《柳如是传》

（2002年）

绝代风姿桂影留，画舫十里钿车稠。南都累卵碎金瓯。　　花貌霜摧家国破，秦淮月色烂柯游。断肠句句说从头。

卜算子·访少时旧居①

（2005年）

弯曲窄泥街，残颓青砖道。相似依稀又不同，难觅儿时貌。　　小镇运河边，梦醒闻船号。旧宅轻轻户外行，邻犬声声叫。

①余童年在山东省鱼台县谷亭镇（今县城）度过。谷亭为古运河上一个有悠久历史的小镇。旧居在镇东头。近四十年未去，只觉巷子比记忆中窄了许多，旧时的院门还在，里面的房屋已改建多次，不复童年时模样。

鹧鸪天·故乡秋色

（2010年）

湖上秋来蒲穗黄，白荷摇曳赤荷香。连天绿水明如翠，如洗长空雁阵长。　红霞满，野鸭翔，小儿无赖戏游忙。遥看归橹烟波远，柳下邻翁贪夜凉。

生查子·鱼台故县城记[①]

（2010年）

古县觅无踪，一片明如海。浊浪漫城头，董店兴新廨[②]。　水渚雁鸭鸣，夹岸芦荻黛。闲步访渔人，历历残碑在。

①鱼台故县城位于王庙镇境内，称为旧城海子。此县城在乾隆年间为黄河决口冲漫而废。

②董店，即董家店，鱼台县城淹没后，迁址于此，今为鱼城镇。

谒金门·别妻儿

（1986年）

将行矣，凄惨朔风寒厉。妻子绕车难忍弃，那堪闻笛起。　　灞柳风烟残意，目断天涯孤旅。今一去阑干暮倚，梦余绕大碛①。

①时妻儿在哈密，尚未团聚。

清平乐·儿子三岁

（1988年）

三龄年少，说话成人调。下课归家时未饱，饭菜满桌包造。　　长来小有慧聪，百情自悟粗通。闻道选当班长，起床不再耍熊。

蝶恋花·送坤岳赴美[①]

（1989年）

赴美求学今远渡。稚子初生，割舍多愁绪。万转柔肠无恨语，迷离泪眼秋风路。　　雪雨艰辛知可数。是好男儿，莫怕前程苦。且折柔条随棹去，花红当在人归处。

①蒿坤岳，毕业于中国人民大学，1989年赴美留学。

南歌子·旧金山见坤岳

（1993年）

湾区山青黛，金山日已昏。蓬瀛何处觅行云。相见美西灯下，倍觉亲。　　孤独西来路，团圆盼故人。四年雪雨举杯频。莫说人生似寄，盼归门。

青玉案·李天佑师逝世十周年祭[1]

（1991年）

秋风漠漠东来路。十寒暑，先生去。云低长山听海诉。论文绛帐，品书对句。谁料成烟树。　明清文论已成绪。今日读来曷人谕。长忆师恩思旧圃。一樽芳酒，两行泪注。三更西窗雨。

①李天佑先生，山东章丘人，山东师范大学历史系教授。余于1977年恢复高考后，考入山东师范大学历史系，先生亲自讲授明清史。我在先生教导下，从大一开始研修明史，大二时在《山东师范学院学报》发表论文《明代漕运与会通河的疏浚》。1981年暑假先生在胶东疗养，不幸因病去世，今已十年。每忆及先生悉心指教及灯下为我批改论文事，音容笑貌宛然如昨。

永遇乐·悼外祖母严太夫人①

（1991年）

玄帐垂天，山河缟素，为我长哭。月月年年，魂牵梦忆，今日黄泉路。死生分处，阴阳两界，隔断六尺黄土。夜茫茫，欲寻无助，数点残灰飞舞。　　三十丧夫，伶仃双雏，尝遍贫难疾故。一十六年，辗转病榻，更有言难吐。人生为客，百年何许，生死万千痛苦。遗泽在心惊梦断，对风泪沮。

①外祖母严氏，单县城北关外人，1904年生，1991年1月去世。三十多岁起寡居，拉扯大两个女儿。余弟妹四人，皆受其照顾而长大。性严正善良。1976年始半身不遂，缠绵病榻十六年，虽口不能言，然无时不惦念在外工作的孙辈。去世之日，大风雪。

临江仙·怀父

（2016年）

父爱从来千石重，如山如海如天。少时生计不知艰。承平疏尽孝，只道有多年。　　怅望家严行且远，音容渺渺云烟。光阴多想倒流还。桌前您不语，对坐我无言。

水龙吟·携子游千佛山

（1991年）

夜来秋动檐铃，一时黄叶纷纷坠。苍苍舜历，青松黛柏，枫栌红醉。曲径幽幽，游踪可觅，往事如水。想十三年矣，负笈历下，山曾慕，湖之子[①]。　　湖子今也有子，看顽皮，时光犹记。大河似带，年华如水，逝者如此。得耶失耶，红颜苍鬓，淡烟濛昧。喜风来兴国[②]，晨钟暮鼓，顿空胸际。

①余生长于微山湖边，故曰“湖之子”。
②兴国，即千佛山名刹兴国禅寺。

西江月·丰收

（1991年）

惭愧年年丰稔，农忙白叟黄童。家家鸡犬闹如疯，处处炊烟田垄。　　正税已全交过，乡胥又告加供。敛钱名目一窝蜂，管他三提五统[①]。

①三提五统，即农民应交的三项提留和五项统筹，包括各项正税及农村社会管理方面的费用。三提五统之外，各项名目繁多的费用远超正税，农民苦不堪言，引发一些社会矛盾。中央及省里连续下发减轻农民负担的文件，尚难落实。

西江月·和谢公[1]

（1992年）

自古重农轻贾，民生凋敝人间。农人今始庆丰年，改革翻开新卷。　　并举工商农重，多业兴旺归元。先达温饱广开源，方是农村重建。

①谢玉堂，时任济南市市长。

附原词：

圣兴神农立谷，苍茫十千人间。重农抑商误千年，今朝重开史篇。　　而今我论决策，知行统一法元。农兴必待工商全，且看新构如扇。

蝶恋花·诸城考察

（1993年）

海岱名州天下首。辈辈人才，闪耀如星斗。常忆东坡贤太守，超然台上风舒袖。　　今日名州百业秀。工贸农联，市场抗风骤。各业支农合唱奏，农村发展广财阜。

点绛唇·参观峄城乡办玩具厂

（1993年）

轧轧机声，农家致富纤纤女。镐头丢处，玩偶全球去[1]。　　立国以农，稼穑困乡土。求新路，工商服贸，巨变农村富。

①峄城一乡办玩具厂专做出口玩偶，出口占全省玩具出口三分之一强。各县近年涌现一大批乡办企业，农民就近务工，收入大大提高。

九张机·数字问题（新声韵）

（1994年）

近年来，地方各级上报经济和社会发展数字浮夸不实之风愈演愈烈。中央及国务院屡下文批评，收效不明显，戏作《九张机》。

一张机，年年上报数多虚。莺歌燕舞天日丽，形势大好，民安国泰，岁岁好成绩。

二张机，升级达标迫人急。只观报表决留去，干部出数，数出干部，监管叹无迹。

三张机，谁人愿报数常虚。问心有愧心明扉，前任基数，只能就错，不好揭封皮。

四张机，数虚能换金交椅。真话不免受委屈，声名可钓，功夫在笔，做假已成习。

五张机，下级欺骗上一级。一只眼睁一眼闭，为官一任，两眼向上，数字平地飞。

六张机，欺人数字实难欺。年年赋重疲民力，昨加提留，今增摊派，数虚税不虚。

七张机，败家莫过假话吹。相沿成病事难立，否隔上下，饰非文过，前瞻多危机。

八张机，前事长记后事师。“卫星”大放满天飞，浮夸误国，虚言病民，莫忘三年饥。

九张机，去浮戒夸抢时机。改革当靠法规立，实事求是，兴利除弊，前进靠实绩。

点绛唇·科斯凯洞穴[1]

（1988年）

大水泼天，先民记忆应无误。海宫鱼府，不散千年雾。　　远古文明，线断丝丝缕。今有据，百尺深处，尚是当年土。

①科斯凯洞穴，是法国潜水员亨利·科斯凯1985年在马赛附近海平面下37米处发现的。经考察，有三万年前人类活动留下的壁画和石刻，亦证明先民关于“大洪水”的记忆不是空穴来风，当年海平面应比现今低100—120米。

生查子·莫斯科工人大游行

（1994年）

世界一强梁，崩解如惊絮。十五旧盟邦，新约各飞去。　　饱暖不可求，难熬今冬苦。雪拥莫斯科，大众旗高举。

贺新郎·乌克兰宣布独立①

（1991年）

今日全完结。叹苏联、强梁一世，灰飞烟灭。七十四年雄欧陆，无数风霜更迭。一杆旗，亚非拉烈。君见朔风吹白草，问苍天谁解肠千结。那巨阵，一朝折。　　我且今日听风歇。万千事、生生死死，都有关节。并世百年两阵营，荣枯原非决绝。应正视、水壅当泄。避短扬长非易事，必华佗关羽何须说。天下势，听风雪。

①1991年8月24日，乌克兰政府发表国家独立宣言，正式宣布脱离苏联独立。12月8日，乌克兰、俄罗斯、白俄罗斯领导人签署别洛韦日协议，宣布苏联不再存在，成立独立国家联合体，乌克兰独立最终完成。

青门引·南极多国科考

（1997年）

何处无人迹，大地尚余两极。冰原探险万邦来，红绿旗竖，破旷古沉寂。　　资源终有枯竭日，人类当知律。化鲲总觉春梦，和平利用为全策。

琵琶仙·马德里中东和会[1]

（1991年）

叶落深秋，马德里、各路诸侯齐列。惆怅巴以烟云，枪声何时结。拿土地，换取和平，以色列，再无纠葛。经号钟声，圣城无战，戈掩兵歇。　　百年矣，战火遍名城，源犹太千年复旧阙。旧地新人争持，旧新谁分抉。韩赵魏，家仇国恨，更那堪，秦楚仇血。怅问将息何日，马城灯澈。

①马德里中东和会于1991年10月30日在西班牙马德里召开，历时三天，这是近年来敌对冲突的巴以双方第一次同桌谈判。和会由美国主导，主张巴以“土地换和平”，在领土上互作让步。会议结束后，巴以等国开展双边谈判，开启中东和平之路。

鹊桥仙·宇航归来[1]

（1992年）

天堂一日，人间一载，何况一年舫帐。烂柯也应无数番，但只见，寰球依样。　　棋局世事，归途如梦，家国旧旗已降。奔天揽月两强争，只今后，美星独亮。

①1992年3月17日，苏联宇航员谢尔盖·克里卡廖夫和弗拉基斯拉夫·沃尔科夫在太空工作一年后返回地球时，苏联已变成俄罗斯。

鹧鸪天·柬埔寨恢复和平[1]

（1992年）

遍地烽烟几许年，血流飘杵苦高棉。折冲各派息争斗，故主已归旧帝园[2]。　　和平道，四方联，何时万众庆瓯圆。金楼玉阙方如梦，试折新枝看旧关。

①柬埔寨动乱十余年。1991年，西哈努克亲王被推举为柬埔寨全国最高委员会主席，在巴黎签署“关于全面政治解决柬埔寨冲突的协定”，返回金边后，被柬埔寨四方拥戴为国家元首。柬埔寨实现初步和平。

②故主，指西哈努克亲王。

卜算子·迪士尼乐园

（1993年）

大美迪士尼，假日人如鲫。各国文明萃一园，世界谁能匹。　　日落满园灯，动地听笙笛。遥望花车列阵来[1]，彩袖随风急。

①迪士尼乐园每天下午有花车巡游，鼓乐齐鸣，载歌载舞，花香衣影，备极绚丽，为游园之高潮。

夜行船·访旧金山

（1993年）

莽莽美洲谁为主。西来客，大洋飞渡。开拓金山，华人再至，已是三千年旅[①]。　　华埠高楼映日暮。生枝叶，百年霜露。落基山风，黄河浊浪，历历家山烟树。

①历史学家认为，美洲先民是冰河期沿白令海峡迁移过来的亚洲人种，甚至有人说是商代先民。

蝶恋花·宴古巴物价委员会主席[①]

（1993年）

似水流年难久驻。旧时光荣，但作花飞去。后院当年导弹舞，一根雪茄嘲山姆。　　故垒失旗谁做主。拉美孤军，漫漫天涯路。自破高墙脱旧缚，强秦尤惧楚三户[②]。

①古巴物价委员会主席率团访鲁，考察山东省物价改革和农村改革，尤其重视农村改革中土地承包经营情况。

②《史记·项羽本纪》："楚虽三户，亡秦必楚。"三户，指楚国昭阳、屈、景三氏。

夜行船·听细川护熙施政演说[①]

（1993年）

回首当年腥血下。烧杀抢，血漂东亚。半世深仇，诚能化恨，前瞻共图新画。　　唯有良知思战罢。心无愧，相闱初挂。警示来者，永不再战，世代和平无价。

①细川护熙，日本新党党首，前首相近卫文麿之外孙。1993年8月当选日本首相，是日本历史上第一个非自民党首相。他在施政演说中明确表示反省日本过去的历史，承认侵略给亚洲国家和人民带来的灾难，并表达深切歉意。

青门引·问天

（1998年）

地球何孤冷，屈子问天无应。人来何处又何从，寂寞生灭，变幻皆无影。　　五洲架起巡天镜，地外寻生命。人云造物情在，桂花美酒银河耿。

卜算子·波黑战争①

（2001年）

民族多杂居，数教纷争久。两战兵戈火药桶，导索时时有。　战事起前南，背后存推手。可叹名城化废墟，总统成囚首。

①1991年南联盟开始解体，波黑共和国中穆斯林族、塞尔维亚族、克罗地亚族因谋求独立而爆发内战，战争于1995年底结束。前南总统米洛舍维奇被荷兰海牙国际战争法庭逮捕，波黑塞族领袖卡拉季奇被通缉。波黑分裂为三国。

后　记

这本诗集能够呈现在大家眼前，确实有些偶然。2016年3月底，我从山东省人民政府党组成员、秘书长、办公厅党组书记任上退下来，转任省政府参事。就在收拾旧书杂什时，在不少的笔记本上发现了当时信手涂鸦的所谓诗词。这些诗词不太合乎格律，也不太讲究平仄和声韵，严格来说更像顺口溜。但正是因为少了框框的束缚，写来肆意随心，直抒胸臆，真情真意，倒也清丽可诵。朋友们说，这些作品是对四十多年来学习、工作、生活的记录，是历史的脚印，弃之可惜，不如搜集起来整理一下，也可作个纪念。于是，我用了将近一年的时间，广搜深求，在找到的1000余首诗词中重点选取了600余首。加上这几年写的若干篇什，进行了反复修改整理，形成了这么一本集子。

掩卷而思，自己为什么能在几十年的工作学习中留下这些诗作？我想大概有三点：

第一，时代。我上小学、中学和参加工作时正值“文化大革命”。在那个年代，诗词是革命的重要武器之一。毛主席的诗词，雄浑厚重，激扬澎湃，鼓舞着全国人民的革命激情和斗志。他的诗词我们这一代人不但能够背诵，而且融入了血液。写文章时，毛主席的诗句信手拈来，使用得非常多，又非常贴切。当年还有贺敬之、郭小川等一批革命诗人和烈士的诗抄都深深刻在我的脑海之中，一辈子忘不了。20世纪70年代初，我们刚上中学。那时，诗是革命武器，工农兵都写诗。工厂、农村、车间、地头都学习天津小靳庄举行赛诗会，不识一字的老农都会吟诗。我们生长在这样一个时代，潜移默化，自然会哼上几句顺口溜。现在一些老同志大多都会来上几句，大概就在于此，可以说这是时代的造就。

第二，爱好。记得是1970年，我14岁，在鱼台县委招待所干临时工。那年的夏天，山东大学中文系一批学生在老师的带领下住在招待所里，其中有著名朗诵诗人高兰教授。一天晚上，这些学生聚在一间会议室里开会，高兰先生朗诵了毛主席的诗作《沁园春·雪》。高先生慷慨激昂的声音和他因激动而不断甩动的花白头发，给趴在窗台上聆听的我留下一辈子的震撼，至今历历在目。那个晚上，我记住了诗词韵律之美。1977年恢复高考，我考入山东师范大学历史系，后又考到山东大学历史系攻读明清史硕士学位，毕业后任教于山大。两所高校学习工作十二年，在故纸堆里摸爬滚打。专业之外，也读了不少的诗词，尤其是明清人的诗作。俗话说："熟读唐诗三百首，不会作诗也会诌。"也许这就是能胡诌几句的源头吧。

第三，经历。20世纪50年代后期出生的我们这代人，生在新中国，长在红旗下，经历了共和国成立以来几乎所有的重大事件。人民公社、"大跃进"、三年困难时期、"文化大革命"、改革开放、中国特色社会主义建设新时代，我们都有幸亲历。我们自"文革"时期踏入社会，参与了改革开放四十年来祖国的建设，见证了祖国从站起来到强起来、富起来的伟大进程。我们这一代人，不管个人际遇如何，都有着共同的特点，即忠诚于党，有理想，有抱负。作为这一代人中的一员，我经过基层工作的锻炼，恢复高考之后，有幸上大学读了书，先在高校工作，又在政府工作。四十多年，国际的风云变幻，国内的风风雨雨，身处其中，深有感慨。有对党和国家事业的理想和热烈的追求，有拼搏奋斗的勇气豪情；有成功有兴奋，也有迷惘有思索，这些都是诗的土壤。有感于心，形于吟咏。因此，表现在这本集子中的镜像，有祖国山河，有域外风光，有改革大政，有国际风云，有家国情怀，有内心思考，有亲友交游，有感事悲秋，正所谓“何曾索句搜枯肠，事动于心成玉章”。作为一名共产党员，我为社会主义建设的每一项成就而欢呼，也对奋斗历程中不可避免的一些矛盾和问题进行深入思考。尤其是对一些群众反映强烈的社会问题和现象，如20世纪八九十年代农村商品流通难、农民负担重、计划生育、拐卖妇女、吃喝之风等，进行了思考和批判。这些问题在党中央的领导下，通过不断深化改革，已经得到了彻底解决。这些在诗集中保留下来，可见改革之不易，亦可作历史之补证。

这本集子称作诗集，我一直没有底气。收于其中的诗词虽然经过多次推敲修改，但按照严格的格律来说，有些还是有这样那样的毛病。“艺坛不可轻言诗。”中国的古典诗词到唐宋时期发展到顶峰，优秀的诗人灿若群星，他们的成就，我们岂能望其项背。赋以敷陈，比以借物言志，兴以托物起兴。正是因为严格的韵律和形式之美，才有旧体诗词写情状物、抒发胸臆的艺术之美。写好旧体诗词必须有真情，还要有深厚的传统文化功底和对格律的精通，这些我自忖很不具备。值得庆幸的是，我遇到了山东诗坛耆宿张延龙先生，他耐心地看了这些小诗，帮我分析存在的问题，亲自指导我修改调整。张素梅、李宗健、田润民先生也通阅了全稿，并提出修改意见，给了我很大帮助。一遍一遍推敲修改的过程成为我系统学习格律声韵难得的经历，引导我的诗词创作走上正轨。这本集子中的诗韵遵平水韵，词韵遵《词林正韵》。需要说明的是，诗中有一小部分（大约60首），在调整中为照顾意境而使用了邻韵通押。个别的使用了新韵，并做了标示。虽经多次修改，这些作品的格律声韵肯定还是存在这样那样的问题，希望朋友们批评指教。

我要感谢中华诗词学会会长郑欣淼先生。他在百忙中通读全稿，为这本集子写了序言，给予我很大的鼓励。我还要感谢当代著名书法篆刻家李刚田先生，他题写了书名，为这本集子大大增色。

蒿 峰

2018年8月